Von Bob Shaw sind außerdem im
Goldmann Verlag erschienen:

Experiment: Erde · 23433
Orbitsville · 23216

SCIENCE FICTION

BOB SHAW

MAGNILUCT

A WREATH OF STARS

GOLDMANN VERLAG

Aus dem Englischen übertragen von
Tony Westermayr

Made in Germany · 2/86 · 2. Auflage

Umschlagentwurf: Design Team München
Umschlagillustration: Chris Moore
Druck: Elsnerdruck, Berlin
Verlagsnummer: 23236
PW/Herstellung: Peter Papenbrok
ISBN 3-442-23236-8

I

Gilbert Snook hielt sich manchmal für die genaue gesellschaftliche Entsprechung eines Neutrinos.

Er war Luftfahrtingenieur und aus diesem Grund kein ausgebildeter Atomphysiker, wußte aber, daß das Neutrino ein schwer zu fassendes Teilchen war, mit der normalen hadronischen Materie des Universums in so schwacher Wechselwirkung, daß es die Erde durchstoßen konnte, ohne ein anderes Teilchen zu treffen oder zu beeinflussen. Snook gedachte, es auf seiner linearen Bahn von der Geburt bis zum Tod ziemlich genau so zu halten, und war im Alter von vierzig Jahren auf dem besten Wege, sein Ziel zu erreichen.

Seine Eltern, verblaßte und einsame Wesen mit einer Neigung, sich zu isolieren, starben, als er noch ein Kind gewesen war; sie hinterließen ihm wenig Geld und keinerlei Familienbande. Die einzige Ausbildung, die Snook von der örtlichen Behörde zuteil wurde, war eine solche technischer Art, vermutlich deshalb, weil das eine schnelle und wohlerprobte Methode war, kommunale Belastungen in kommunale Einkünfte zu verwandeln, aber seinen Anlagen hatte das vorzüglich entsprochen. Er hatte fleißig gearbeitet und war in seiner Klasse stets Primus gewesen. Nachdem er ein gehöriges Maß an Diplomen gesammelt hatte, entschied er sich für die Luftfahrttechnik, hauptsächlich deshalb, weil man in diesem Beruf viel auf der Welt herumkam. Er hatte die Neigung seiner Eltern zur Einsamkeit geerbt und seine berufliche Bewegungsfreiheit dazu benützt, Menschenansammlungen zu meiden. Fast zwei Jahrzehnte lang war er im Nahen und Mittleren Osten hin- und hergereist und hatte seine Dienste unparteiisch jedermann – ob Ölkonzern, Fluglinie oder Militär – angeboten, der Flugzeuge bis zur Belastungsgrenze strapazierte und bereit war, gut dafür zu bezahlen, daß sie weiterflogen.

Jene Jahre hatten die schmerzhafte Zersplitterung Afrikas in immer kleinere Staaten gebracht, und es hatte Zeiten gegeben, in denen Snook in Gefahr geraten war, mit dem einen oder anderen politischen Gebilde in Verbindung gebracht oder identifiziert zu werden. Daraus hätte sich alles ergeben können: Von einer festen Anstellung bis zur Begegnung mit dem Maschinengewehr eines amtlichen Henkers, das seinen tödlichen Rosenkranz aus Messing und Blei herbetete. Aber jedesmal war er, einem Neutrino ähnlich, ungeschoren durchgeschlüpft, bevor die Falle zuschnappen konnte. Notfalls hatte er für kurze Zeit seinen Namen gewechselt oder eine andere Arbeit angenommen. Er war in Bewegung und zugleich unberührt geblieben.

Im Mikrokosmos der Atomphysik wäre das einzige Teilchen, das für ein Neutrino eine Bedrohung darstellen konnte, ein Anti-Neutrino gewesen, weshalb es als Ironie des Schicksals gelten durfte, daß es eine Wolke eben dieser Teilchen war, die im Sommer 1993 in eine so heftige Wechselwirkung mit dem Leben des menschlichen Neutrinos Gil Snook trat.

Die Wolke von Anti-Neutrinos wurde erstmals entdeckt, als sie am dritten Januar 1993 die Jupiterbahn schnitt – und wegen der enormen Schwierigkeit, sie überhaupt festzustellen, begnügten sich die Astronomen in ihren ersten Berichten damit, die Bezeichnung ›Wolke‹ zu verwenden. Erst nach einem weiteren Monat verzichteten sie auf den Ausdruck und ersetzten ihn durch den zutreffenderen, wenn auch stark gefühlsbeladenen Begriff ›vagabundierender Planet‹.

Diese genauere Bestimmung der Erscheinung wurde ermöglicht durch Verbesserungen des neu erfundenen Magniluct-Optik-Systems, das, wie das in der Geschichte der wissenschaftlichen Entdeckungen häufig genug vorkam, genau im richtigen Augenblick zur Stelle war.

Magniluct war ein Material, das aussah wie gewöhnliches blaues Glas; in Wirklichkeit war es eine raffinierte Abart von Quantenverstärker, die sich wie eine Schwachlicht-Kamera verhielt, ohne deren komplizierte Elektronik. Brillen oder Gläser aus Magniluct ermöglichten es, bei Nacht ganz klar und deutlich zu sehen, wobei der Betrachter den Eindruck gewann, daß seine Umgebung von blauen Scheinwerfern erleuchtet war. Die militärische Anwendung, etwa beim Nachtkampf, war vorangegangen und hatte Erfinder wie Herstellern schöne Gewinne eingebracht, aber ein wirkungsvolles Marketing-Team hatte das neue Material auch auf vielen anderen Gebieten in den Vordergrund geschoben. Bergleute, Dunkelkammerpersonal, Höhlenforscher, Nachtwächter und Polizei, Platzanweiser, Taxi- und Zuglenker – potentieller Kunde war jeder, der im Dunkeln zu arbeiten hatte. Das Personal in Observatorien fand Magniluct-Brillen besonders nützlich, weil man damit wirksame Arbeit zu leisten vermochte, ohne unerwünschtes Licht auf Kollegen und Instrumente zu streuen.

Zur klassischen Tradition wissenschaftlicher Entdeckungen gehörte auch der Umstand, daß es ein Amateur-Astronom war, der von einer selbstgebauten Sternwarte in North Carolina aus der erste Mensch wurde, der den vagabundierenden Planeten zu sehen bekam, als er der Sonne näherrückte.

Clyde Thornton war ein guter Astronom, nicht im modernen Sinn des Wortes, daß er ein fähiger Mathematiker oder Stellarphysiker gewesen wäre, sondern gut in dem Sinne, daß er es liebte, in den Himmel zu blicken, und daß er sich dort besser auskannte als im Bezirk Asheville, wo er aufgewachsen war. Er fand außerdem selbst in der größten Finsternis jeden Gegenstand in seiner kleinen Sternwarte, so daß er sich die Magniluct-Brille ebensosehr aus Neugier wie aus praktischen Gründen gekauft hatte. Thornton schätzte technische Neuheiten sehr, und die Vorstellung eines Materials, das die Nacht zum Tag machte, war für ihn von großem Reiz.

Er hatte sein Teleskop aufgerichtet, um bei dreißig Minuten Belichtungszeit einen Nebel aufzunehmen, und hantierte zufrieden herum, die neue Brille auf der Nase, während die fotografische Platte Licht absorbierte, das seine Reise zur Erde angetreten hatte, ehe die Vorfahren des Menschen den Gebrauch der Keule entdeckten. Zufällig blickte er in das Hilfsokular, um sich zu vergewissern, daß das Hauptinstrument exakt dem Zielpunkt folgte, und vergaß dabei, die neue Brille abzunehmen.

Thornton war ein bescheidener Mann Anfang Sechzig, von leiser Art und ohne jeden kommerziellen Ehrgeiz; im Gegensatz dazu, wie alle anderen stillen Himmelsbeobachter, sehnte er sich jedoch nach der diskreten Unsterblichkeit, die dem Entdecker neuer Sterne und

Planeten zuteil wird. Er erlebte einen Augenblick herzstockenden Schwindels, als er das Objekt erster Größe im Fadenkreuz seines Teleskops entdeckte, wie man einen Diamanten entdeckt, wo kein Diamant sein kann. Thornton starrte den hellen Punkt lange Zeit an, überzeugte sich davon, daß das kein Satellit von Menschenhand war, und nahm dann im Blickbereich einen störenden blauen Schimmer wahr. Er wollte sich die Augen reiben und stieß mit den Fingerknöcheln an die Magniluct-Brille. Mit ungeduldigem Zungenschnalzen legte er die Brille beiseite und blickte wieder in das Teleskop.

Das helle Objekt war verschwunden.

Eine untragbare Last der Enttäuschung senkte sich auf Thornton, als er die Leuchtanzeige des Teleskops überprüfte, um sich zu vergewissern, daß er es nicht versehentlich verschoben hatte. Abgesehen vom winzigen Vorrücken des Zeitlupen-Uhrwerks befand es sich genau in der vorherigen Stellung. Unfähig, die Hoffnung aufzugeben, löste er die Kamera vom Hauptteleskop, schob ein schwächeres Okular hinein und blickte hindurch. Der Nebel, den er fotografierte, stand in der Bildmitte – ein weiterer Beweis dafür, daß er das Teleskop nicht angestoßen hatte –, und von Thorntons Stern, wie das Objekt später in den Sternkatalogen hätte heißen können, war nichts zu sehen.

Thorntons Schultern sanken herab, während er im Dunkeln saß und über seine Narretei nachdachte. Er hatte sich wie andere Astronomen vor ihm von einer Zufallsspiegelung in seinem Gerät täuschen lassen. Die durch den offenen Sektor der Kuppel flüsternde Nachtluft wirkte plötzlich kälter, und ihm fiel ein, daß es nach zwei Uhr morgens war, eine Stunde, zu der ein Mann seines Alters behaglich im Bett liegen sollte. Er schaute sich nach seiner Magniluct-Brille um, setzte sie auf und begann im bläulichen Licht, das sie zu erzeugen schien, Notizbücher und Schreibstifte einzusammeln.

Es war eine Laune, die kurzfristige Weigerung, dem Diktat des gesunden Menschenverstands zu gehorchen, die ihn dazu veranlaßte, noch einmal an das Teleskop zu treten. Mit der Brille vor den Augen starrte er hindurch. Der neue Stern glitzerte wie vorher im Fadenkreuz.

Thornton kauerte eine ganze Minute am Teleskop, abwechselnd mit und ohne Brille, bevor er sich ganz mit der Erscheinung eines Sterns abfand, der nur durch Magniluct-Glas zu sehen war. Er nahm die Brille ab, hielt sie mit unsicherer Hand, spürte die aufgeprägten Buchstaben des Handelsnamens – ›Amplicht‹ – und wurde von dem Drang erfaßt, seine Entdeckung noch deutlicher zu sehen. Er ließ sich auf dem Hocker nieder und blickte durch das Okular des großen Refraktors. Es gab den unvermeidlichen Mangel an Schärfe, der Magniluct-Gläsern eigentümlich war, aber das Objekt war deutlich zu sehen und unterschied sich nicht von dem Anblick im Suchteleskop. Seltsamerweise war es nicht heller.

Thorntons Stirn kräuselte sich, als er über die Bedeutung des Gesehenen nachdachte. Er hatte eine viel größere Helligkeit erwartet, weil das 20-cm-Objektiv des großen Teleskops erheblich lichtstärker war. Die Tatsache, daß das Objekt unverändert war, bedeutete ... Thorntons Gehirn rang mit den ihm wenig vertrauten Dingen ... Daß es kein Licht aussandte, daß er es durch eine andere Art von Strahlung sah, welche seine Magniluct-Brille wahrzunehmen vermochte.

Er raffte sich auf, zwängte sich am Sockel des Teleskops vorbei und trat aus der Sternwarte hinaus auf den federnden Rasen seines Gartens. Die Winternacht durchbohrte seine Kleidung mit Dolchen aus schwarzem Glas. Er blickte zum Himmel hinauf und fand – nur mit Hilfe der Brille – das Gebiet, das ihn interessierte. Das Haar der Berenike war ein unauffälliges Sternbild, aber eines, das Thornton seit seiner Kindheit kannte, und er sah das neue Juwel im Haargeflecht der Maid sofort. Als er die Brille abnahm, verschwand der neue Stern.

An dieser Stelle tat Thornton etwas, was für ihn ganz untypisch war: Er lief zum Haus, so schnell er konnte, ohne die Möglichkeit eines verstauchten Knöchels zu berücksichtigen, entschlossen, sein Telefon zu erreichen, ohne auch nur eine weitere Sekunde zu verlieren. Viele tausend Menschen auf der Welt besaßen und benützten Magniluct-Nachtgläser. Irgendeiner davon konnte jederzeit hinaufblicken und das fremde Objekt am Himmel bemerken – und

Thornton sehnte sich sehr danach, es seinen Namen tragen zu sehen.

Die letzten Minuten waren die aufregendsten in seinen vierzig Jahren praktischer Astronomie gewesen, aber die Nacht hielt noch eine weitere Überraschung für ihn bereit. In der totalen Dunkelheit seines Hauses setzte er die Brille wieder auf, um kein Licht machen zu müssen, und ging zum Telefon in der Diele. Er nahm den Hörer ab und drückte die Tasten, um mit Matt Collins, einem alten Freund, zu sprechen, der Professor für Astronomie an der Universität North Carolina war. Während er auf die Verbindung wartete, blickte Thornton reflexartig nach oben genau in die Richtung, in die sein Teleskop gezielt hatte.

Und dort war, glitzernd wie ein blauer Diamant, sein persönlicher Stern, so deutlich sichtbar, als bestünde das Obergeschoß seines Hauses mit Dachbalken und Abdeckung nur aus Schatten. Solange er die Magniluct-Brille trug, war der neue Stern deutlich zu sehen – mit unverminderter Helligkeit auch durch feste Materie leuchtend.

Dr. Boyce Ambrose gab sich alle Mühe, einen verkorksten Tag zu retten.

Er war, wie es manchmal vorkommt, am Morgen mit einem düsteren Gefühl des Scheiterns erwacht. Ein ärgerlicher Begleitumstand dieser Stimmung war, daß er weder wußte, was sie hervorrief, noch, wann sie eintreffen würde. An den meisten Tagen war er mit seiner Stellung als Direktor des Karlsen-Planetariums, mit dessen erstklassigen neuen Geräten, mit dem stetigen Strom von Besuchern – darunter manche bedeutenden Persönlichkeiten, auch attraktive junge Frauen, die alles von ihm hören wollten, gelegentlich bis zum Frühstück am nächsten Tag – einigermaßen zufrieden. An den meisten Tagen genoß er die gelassene Verwaltungsroutine, die von Lokalreportern ständig gewährte Gelegenheit, über alles zu dozieren, was zwischen den Grenzen der Stratosphäre und denen des erkundbaren Universums stattfand, das Karussell gesellschaftlicher Ereignisse und Cocktailpartys, bei denen es selten vorkam, daß nicht auch Kameras seine Anwesenheit wahrnahmen, während er seiner Beschäftigung nachging: hochgewachsen, jung, gutaussehend, gelehrt und reich zu sein.

Gelegentlich gab es aber auch andere Tage, nämlich diejenigen, an denen er sich als das verabscheuungswürdigste aller Geschöpfe sah – den Mode-Astronomen. Das waren die Tage, an denen er sich erinnerte, daß sein Doktordiplom von einer für Privatspenden anfälligen Universität stammte, daß seine Dissertation mit Hilfe von zwei bedürftigen, aber wissenschaftlich qualifizierten ›Privatsekretären‹ hergestellt worden war, die sein Vater engagiert hatte, daß seine Stellung im Planetarium jedem offengestanden hatte, dessen Familie bereitgewesen war, für die Projektionsanlagen das meiste Geld auszugeben. In seiner frühesten Jugend hatte er noch beweisen wollen, daß er sich eine Laufbahn ohne jede Unterstützung durch das Ambrose-Vermögen würde aufbauen können, um dann zu entdecken, daß ihm dazu der notwendige Eifer fehlte. Wäre er arm gewesen, hätte er es, wie er schließlich meinte, viel leichter gehabt, die langen Stunden einsamen Studiums abzusitzen, aber er war dadurch behindert, daß er sich jede denkbare Ablenkung leisten konnte. Unter den gegebenen Umständen war es das einzig Logische, mit dem Geld, das sich ungünstig auf seine akademische Laufbahn auswirkte, die Dinge zu kaufen, die zu erlangen es ihn gerade hinderte.

Ambrose vermochte mit diesem ihm eingepflanzten Sophismus glücklich zu leben – außer an den verkorksten Tagen, wenn etwa ein unvorsichtiger Blick in eines der wissenschaftlichen Journale ihn mit Gleichungen konfrontierte, die er eigentlich hätte begreifen müssen. Bei solchen Gelegenheiten nahm er sich oft vor, seine Arbeit im Planetarium auf ein neues Hoch an Leistung und Schöpferkraft zu steigern, und das war der Grund, weshalb er früh die dreistündige Fahrt unternommen hatte, um Matt Collins persönlich zu sprechen, statt sich einfach am Bildtelefon mit ihm zu unterhalten.

»Ich bin da kein Fachmann«, sagte Collins, als sie im behaglichen Büro des Professors Kaffee tranken. »Es war reiner Zufall, daß Thornton und ich alte Freunde sind und er mich als ersten anrief. Ich bezweifle, ob es für Thorntons Planeten überhaupt einen Fachmann gibt.«

»Thorntons Planet.« Ambrose wiederholte die Worte, eifersüchtig auf einen Kleinstadt-Amateur, dessen Name nur deshalb in die Astronomiegeschichte einging, weil er nichts Besseres zu tun hatte als jede zweite Nacht in einer Wellblechhütte in seinem Garten zu verbringen. »Steht denn fest, daß es sich um einen Planeten handelt?«

Collins schüttelte den mächtigen Schädel.

»Eigentlich nicht – in diesem Fall bedeutet der Ausdruck nicht viel. Seitdem das Ding als Scheibe erkennbar ist, haben wir seinen Durchmesser mit ungefähr zwölftausend Kilometern bestimmen können, also ist es auf jeden Fall ein Gebilde von planetarischer Größenordnung. In seinem eigenen Bezugssystem könnte es aber ebensogut ein Zwergstern sein, ein Komet – oder sonst irgend etwas.«

»Und die Oberflächenmerkmale?«

»Keine Ahnung, ob es welche besitzt.« Collins schien sich über Ambroses Unkenntnis in perverser Weise zu freuen. Er war ein Riese von Mann, den die Sorgen eines Normalmenschen nicht zu berühren schienen.

»Mein Problem ist, daß ich einen Weg finden muß, es im Planetarium darzustellen«, sagte Ambrose. »Wie wäre es mit einem Magniluct-Teleskop? Kann man mit dem Material keine Objektive herstellen?«

»Objektiv*formen* aus Magniluct-Material wären kein Problem. Sie wären gut zu gebrauchen, wenn man sie nur als Lichtverstärker verwenden würde – aber sie funktionieren nicht, wenn man versucht, ein vergrößertes Bild von Thorntons Planeten zu erhalten.«

»Da komme ich nicht mit«, sagte Ambrose, in seiner Verzweiflung entschlossen, sein Nichtwissen einzugestehen. »Ich bin Direktor eines Planetariums und sollte automatisch alles begreifen, was sich da oben abspielt, aber ich habe keine Ahnung, was da eigentlich vorgeht. Jeden Tag rufen mich Journalisten an, und ich weiß nicht, was ich ihnen sagen soll.«

»Keine Sorge – viele sogenannte Experten sitzen im selben Boot.« Collins zeigte ein Lächeln, das sein grobschlächtiges Gesicht weicher erscheinen ließ. Er zog zwei Zigarren aus der Hemdbrusttasche und warf Ambrose eine zu. »Wenn Sie Zeit haben, gehe ich das Wenige, was ich weiß, schnell einmal durch.«

Ambrose nickte und schälte die Zigarre aus der Verpackung, dankbar für die diplomatische Ader seines Gegenübers.

»Zeit habe ich genug.«

»Na schön.« Collins gab ihm Feuer und lehnte sich zurück, daß der Sessel knarrte. »Magniluct ist ein durchsichtiges Material mit einer hohen Dichte von Wasserstoffatomen. Vor einiger Zeit hieß es, es könnte als eine Art Super-Szintillator für das Auffinden von Neutrinos nützlich sein, aber soviel ich weiß, hat niemand sich besonders für diesen Aspekt interessiert, bis Thorntons Planet ins Sonnensystem gewandert kam. Der Planet strahlt in keinem der bekannten Energiespektren – deshalb kann man ihn auf normale Weise nicht sehen –, stößt aber im Vier-pi-Raum Neutrinos aus. Wenn ein Neutrino in ein Magniluct-Glas eindringt, gerät es in Wechselwirkung mit Protonen und erzeugt Neutronen und Betaplus-Teilchen, die andere Atome in dem Material erregen und ihrerseits zu Emissionen im sichtbaren Bereich führen.

Aus diesem Grund kann man die Strahlung nicht in einem Brennpunkt vereinigen und ein vergrößertes Bild erhalten – die Neutrinos durchstoßen es in gerader Linie. Es liegt nur an der Vorwärtsstreuung von Teilchen, daß man das ein wenig verschwommene Bild des Planeten überhaupt sehen kann. Wie war ich?« Collins wirkte wie ein Schüler, der Lob erwartet.

»Sehr gut«, sagte Ambrose, »vor allem, wenn Teilchenphysik nicht Ihr Gebiet ist.«

»Ist es nicht.«

Ambrose streifte die Asche von der Zigarre und dachte angestrengt nach.

»Diese Emission von Neutrinos – ausschließlich Neutrinos«, sagte er nach einer Weile. »Ich nehme an, das war die Grundlage für die Entscheidung, daß Thorntons Planet aus Anti-Neutrino-Materie besteht?«

»So hört man es.«

»Was bedeutet, daß er eine Art Geister-Planet ist. Für uns existiert er eigentlich gar nicht.«

»Stimmt.«

»Und das mir«, meinte Ambrose mit schiefem Lächeln. »Wie soll ich ihn im Planetarium zeigen?«

»Das ist, wie ich mit Vergnügen feststelle, Ihr Problem und nicht das meine«, sagte Collins in mitfühlendem Ton, der zu seiner Wortwahl im Gegensatz stand. »Möchten Sie sehen, wo der Eindringling jetzt ist?«

»Bitte.«

Ambrose sog an seiner Zigarre, während Collins die Tastatur seines Computer-Terminals betätigte und ein astronomisches Diagramm auf den Wandschirm werfen ließ. Ambrose sah zwei gestrichelte grüne Linien, die Bahnen von Jupiter und Mars, durchschnitten von einer durchgezogenen roten Linie, die den Weg von Thorntons Planeten darstellte.

»Das ist eine auf die Ekliptikebene bezogene Wiedergabe«, sagte Collins. »Wir haben durch Triangulation die Position des Planeten ziemlich genau bestimmen können, umso mehr, als wir die Mondkolonie als Endpunkt der Grundlinie verwenden konnten. Die effektive Länge verändert sich natürlich, aber –«

»Halt!« sagte Ambrose, den an dem Diagramm die ganze Zeit schon etwas gestört hatte. »Die rote Linie ist gebogen!«

»Und?«

»Nun, eine Anti-Neutrino-Welt würde von der Sonnenschwerkraft nicht beeinflußt werden. Sie müßte in gerader Linie durch das Sonnensystem fliegen.«

»Sehr gut beobachtet«, sagte Collins. »Gratuliere.«

Ambrose empfand bei dem Kompliment keine Freude.

»Aber was bedeutet das? Dem Diagramm zufolge wird Thorntons Planet von der Sonne eingefangen, aber nach allem, was wir über ihn wissen, kann das gar nicht sein. Ist man überzeugt davon, daß es sich um eine Anti-Neutrino-Welt handelt?«

»Wenn es darüber Zweifel gibt«, meinte Collins zögernd, »dann werden sie in ein paar Monaten behoben sein.«

»Das klingt aber sehr entschieden«, meinte Ambrose. »Wie können Sie so sicher sein?«

»Ganz einfach«, sagte Collins nüchtern. »Soviel wir bis jetzt erkennen können, spricht alles dafür, daß Thorntons Planet genau durch die Erde fliegt.«

2

Am Morgen des 25. März 1993 saß Gilbert Snook – das menschliche Neutrino – in einer Bar und genoß in aller Ruhe eine Zigarette und eisgekühlten Gin und Tonic. Er war ein schlanker Mann, mittelgroß, mit schwarzen, kurzgeschnittenen Haaren und gefälligen, ein wenig harten Zügen. Die ungewöhnlich deutliche Zeichnung seiner Muskeln, auch jener um den Mund, verriet körperliche Kraft, aber im übrigen wirkte er unauffällig.

Seine Zufriedenheit entstammte einer Kombination von Faktoren, zu denen gehörte, daß er seit zwei Wochen den ersten freien Tag hatte. Bei den Tagestemperaturen der unteren arabischen Halbinsel war die Wartung leichter Flugzeuge eine Beschäftigung, die dazu führte, daß man den Luxus schlichter Kühle zu schätzen wußte. Im Metallrumpf eines Flugzeugs war die Hitze unerträglich – Metalloberflächen mußten mit Tüchern abgedeckt werden, um Verbrennungen vorzubeugen, und das Motorenöl wurde so dünn, daß erfahrene Mechaniker die Viskositätsempfehlungen der Hersteller in den Wind schlugen und Schmiermittel verwendeten, die unter normalen Bedingungen wie dicker Sirup gewirkt hätten.

Die Arbeitsbedingungen in Malaq hielten die meisten ausländischen Techniker davon ab, lange zu bleiben, aber für Snooks Charakter waren sie durchaus geeignet. Malaq stellte einen von mehreren Zwergstaaten dar, die nach dem Zerfall des alten Sultanats Oman entstanden waren, und sein größter Vorzug für Snook war, daß es pro Quadratkilometer nur ungefähr zwei Einwohner gab. Er konnte sogar Zeitungen, Fak-Blätter und Funksendungen meiden. Alles, was von ihm verlangt wurde, war sein Beistand, die kleine Flotte von Transportmaschinen und veraltenden Düsenjägern des Herrschers im flugfähigen Zustand zu erhalten, wofür er im einzigen Hotel des Landes untergebracht wurde und ein großzügiges, steuerfreies Gehalt bekam. Gewohnheitsmäßig schickte er fast das ganze Geld auf eine Bank in seiner Heimat Ontario.

Der Tag hatte für Snook gut begonnen. Er war aus einem langen Schlaf erfrischt erwacht, hatte auf westliche Weise gefrühstückt, war zwei Stunden im Schwimmbecken gewesen und trank jetzt einen Cocktail. Flugplatz und Stadt, fünf Kilometer entfernt, waren hinter einem niedrigen Vorgebirge versteckt, so daß es Snook leichtfiel, sich einzureden, es gäbe nichts auf der Welt als das Hotel, den weiten, blauen Ozean und die Krummsäbel weißen Sands zu beiden Seiten der Bucht. Von Zeit zu Zeit dachte er an die abendliche Verabredung mit Eva, einer Dolmetscherin bei einem deutschen Ingenieurbüro in der Stadt, aber im Augenblick konzentrierte er sich darauf, einen angenehm beschwipsten Zustand zu erreichen.

Mit einiger Verwirrung entdeckte er daher, als die Sonne den Zenith überschritt, ein wachsendes Gefühl der Unruhe in sich. Snook hatte gelernt, seinen Vorahnungen zu trauen – manchmal vermutete er sogar Anflüge von Hellseherei in sich –, aber als er sich in der geräumigen und fast leeren Bar umsah, bemerkte er nichts, was im Unterbewußtsein Alarm hätte auslösen können. Von seinem Fensterplatz aus konnte Snook in einen kleinen Lagerraum hinter der Bar sehen, und er staunte, als der Barmixer hineinging und aufsetzte, was nach einer Magniluct-Schwachlicht-Brille aussah. Der Barmixer, ein junger Araber, blieb einen Augenblick reglos stehen und starrte nach oben, dann legte er die Brille weg und kehrte an die Theke zurück, wo er dem schwarzhäutigen Kellner etwas zuflüsterte. Die Augen des Kellners leuchteten weiß in seinem Afrikanergesicht auf, als er furchtsam an die Decke blickte.

Snook griff nachdenklich nach seinem Glas und trank. Aus dem gegebenen Anlaß fiel ihm ein, daß er eine Gruppe europäischer Besucher mit Magniluct-Brillen am Schwimmbecken gesehen hatte, und daß ihm die Frage durch den Kopf gegangen war, wozu sie wohl bei so grellem Licht Schwachlichtgläser brauchten.

Es war Ende Mai, entsann sich Snook mit einiger Anstrengung, und irgendein wichtiges astronomisches Ereignis stand vor der Tür. Für Astronomie interessierte er sich nicht, und aus Gesprächsfetzen der Piloten hatte er nur entnommen, daß sich irgendein großes, aber dünnes Objekt näherte, weniger dicht als der Gasschweif eines Kometen. Als er erfahren hatte, daß man das Objekt nicht einmal sehen konnte, es sei denn durch die ausgefallene Eigenschaft der Magniluct-Gläser, war für Snook die Kategorie von wenig mehr als einer optischen Illusion gegeben, und er hatte sich überhaupt nicht mehr damit befaßt. Andere Leute schienen jedoch brennend interessiert zu sein – ein weiterer Beweis dafür, daß er gegenüber dem Rest der Menschheit außer Tritt geraten war.

Er trank einen großen Schluck, stellte aber fest, daß seine Unruhe nicht verschwand – die Erkenntnis, daß er zum Klang einer anderen Trommel marschierte, war nichts Neues. Das mittägliche Angetrunkensein, das er genossen hatte, verflog zu seinem Ärger schlagartig. Er stand auf und starrte mit verengten Augen zum Fenster hinaus. Die Europäer waren noch um das Schwimmbecken versammelt. Er überlegte kurz, ob er hingehen und sie fragen sollte, was sich Neues ergeben hatte, aber das hätte zu unnötigen menschlichen Kontakten geführt, so daß er sich dagegen entschied. Er wandte sich vom Fenster ab, als er die Staubwolke eines Fahrzeugs bemerkte, das mit hoher Geschwindigkeit aus nördlicher Richtung kam, von dort, wo Stadt und Flugplatz lagen. Nach knapp einer Minute konnte er erkennen, daß es sich um einen Jeep mit dem Tarnanstrich der Streitkräfte des Sultans handelte.

Das wär's, dachte er, auf seltsame Weise befriedigt. Der ist für mich.

Er kehrte auf seinen Platz zurück, zündete sich eine Zigarette an und versuchte zu erraten, was geschehen war. Aus früherer Erfahrung wußte er, daß es alles sein konnte: von einer defekten Warnlampe in der Privat-Boeing des Sultans bis zu einem Düsenmotor, der einen Vogel verschluckt und sich dabei ruiniert hatte. Snook rutschte tiefer in die Polster und entschloß sich, auf keinen sogenannten Notfall zu reagieren, wenn es nicht um Leben und Tod ging. Er hatte seine Zigarette gerade zu Ende geraucht, als Leutnant Charlton, Pilot im Skywhip-Geschwader, in die Bar geschritten kam – mit rotem Gesicht und voller Empörung. Charlton war Australier, ungefähr dreißig Jahre alt, und hatte sich für drei Jahre als Düsenjägerpilot verpflichtet. Er besaß weniger Gefühl und Liebe für Maschinen als jeder andere Mann, den Snook bisher kennengelernt hatte. Er kam geradewegs auf Snooks Tisch zu und preßte die nackten, goldbehaarten Knie an die weiße Kante. Seine Augen waren zorngerötet.

»Warum sitzen Sie hier und trinken, Snook?« fragte er scharf.

Snook überlegte.

»Weil ich nicht gern im Stehen trinke«, sagte er.

»Machen Sie sich ...« Charlton atmete tief ein und entschloß sich offenbar zu einer anderen Methode. »Hat Ihnen der Portier meine Nachricht nicht übermittelt?«

»Der wird sich hüten«, sagte Snook. »Das ist mein erster freier Tag seit zwei Wochen.«

Charlton starrte Snook hilflos an, dann ließ er sich auf einem Stuhl nieder und schaute sich vorsichtig um, bevor er weitersprach.

»Wir brauchen Sie draußen am Flugplatz, Gil.«

Snook notierte in Gedanken die Verwendung seines Vornamens und fragte: »Was ist los, Chuck?«

Charlton, der stets darauf bestand, daß das Bodenpersonal ihm gegenüber die Form wahrte, schloß kurz die Augen.

»Ein Aufstand entwickelt sich. Es besteht die Möglichkeit, daß ein paar Maschinen zerstört werden, und der Chef hat beschlossen, sie nach Norden zu bringen, bis die Lage sich hier wieder beruhigt.«

»Ein Aufstand?« sagte Snook erstaunt. »Als ich gestern wegfuhr, war alles ruhig.«

»Das geht über Nacht – Sie sollten inzwischen wissen, wie die Malaqi sind.«

»Na, und die Miliz des Sultans? Und die *Firquat*? Können die das nicht unter Kontrolle bringen?«

»Es sind ja die verdammten *Firquat,* die ihn anheizen.« Charlton wischte sich die Stirn. »Gil, kommen Sie jetzt oder nicht? Wenn wir die Maschinen nicht schnell ausfliegen, wird es hier keine mehr geben.«

»Wenn Sie es so ausdrücken ...« Snook stand gleichzeitig mit Charlton auf. »Ich bin gleich umgezogen.«

Charlton packte ihn am Arm und schob ihn zur Tür.

»Wir haben keine Zeit dafür. Zu der Party kann jeder so kommen, wie er ist.«

Dreißig Sekunden später saß Snook im Jeep und hielt sich fest, als sie losrasten, daß der Kies aufspritzte. Charlton fuhr mit Vollgas Richtung Norden. Ein heißer Wind brauste unter der gekippten Windschutzscheibe herein und erschwerte Snook das Atmen, während die nackten Hänge des *Dschebel* hinter der Ebene zu seiner

Linken schimmerten. Snook fiel ein, daß er sich hatte überrumpeln lassen, ohne den Grund für diese Hast zu kennen.

Er zupfte Charlton am Ärmel.

»Lohnt es sich, dafür sein Leben zu riskieren?«

»Davon kann nicht die Rede sein – ich fahre immer so.«

»Worum geht es bei dem Aufstand überhaupt?«

»Hören Sie eigentlich nie Nachrichten?«

»Nein. Ich habe andere Methoden, mich unglücklich zu machen.«

»Vielleicht ganz klug. Jedenfalls ist es Thorntons Planet, dem der ganze Trubel zu verdanken ist. Nicht nur hier – es gibt überall Aufruhr.«

»Wieso denn? Ich meine, der Planet existiert in Wirklichkeit doch gar nicht, oder?«

»Möchten Sie vielleicht versuchen, das dem durchschnittlichen australischen Buschbewohner klarzumachen? Oder auch der italienischen Durchschnittsfrau? Solche Leute glauben, wenn man ihn kommen sehen kann, dann wird man ihn auch spüren, wenn er ankommt.«

»Ich dachte, ohne Magniluct sieht man ihn nicht.«

»Die Gläser gibt es jetzt überall, Freund. Die größte Sensation seit der Erfindung des Sex. In ärmeren Gegenden brechen die Importeure die Brillen auseinander und verkaufen sie einzeln als Monokel.«

»Ich komme trotzdem nicht mit. Wieso regt man sich wegen einer optischen Täuschung so auf?«

»Haben Sie sich das Ding in letzter Zeit einmal angesehen?«

»Nein.«

»Hier.« Charlton griff in die Brusttasche, zog eine blaugetönte Brille heraus und gab sie Snook. »Schauen Sie hinauf . . . Richtung Osten.«

Snook zuckte die Achseln und setzte die Brille auf. Wie erwartet, sah das in der Sonne liegende Meer durch die Spezialgläser unerträglich grell aus, aber der Himmel war etwas dunkler. Snook legte den Kopf nach hinten – und sein Herz schien ruckartig zum Stillstand zu kommen. Thorntons Planet gleißte auf ihn herunter: eine riesige, heranfegende Kugel, mit ihren bösartigen blauen

Strahlen den ganzen Himmel beherrschend. Eine zeitlose und abergläubische Furcht erfaßte Snook, lähmte seinen Verstand, warnte ihn, daß die ganze alte Ordnung hinweggefegt werden würde. Er riß sich die Brille vom Gesicht und kehrte in eine Welt beruhigender Normalität zurück.

»Na?« sagte Charlton maliziös. »Was halten Sie von Ihrer optischen Täuschung?«

»Ich . . .« Snook suchte wieder den Himmel ab, beglückt von seiner Leere, bemüht, mit dem Gedanken von zwei verschiedenen Wirklichkeiten fertigzuwerden. Er hob die Brille halb, um sie noch einmal aufzusetzen, überlegte es sich anders und gab sie Charlton zurück. »Er sieht real aus.«

»Er ist genauso real wie die Erde, aber gleichzeitig weniger real als ein Regenbogen.« Charlton hopste auf seinem Sitz wie ein Reiter, der sein Pferd antreiben will. »Man muß Physiker sein, um es zu verstehen. Ich verstehe es nicht, aber ich mache mir keine Gedanken, weil ich allen Leuten vertraue, die ein ›Dr.‹ vor dem Namen tragen. Die meisten Menschen denken aber anders. Sie glauben, daß der Planet die Welt vernichten wird.« Er deutete auf die Hütten am Rand der Stadt, die hinter einem Hügel sichtbar wurde. Schwarzvermummte Frauen und kleine Kinder waren zwischen den primitiven Gebäuden zu erkennen.

Snook nickte.

»Natürlich werden sie uns die Schuld geben. Wir haben das Ding sichtbar gemacht, ihm also zur Existenz verholfen.«

»Ich weiß nur«, brüllte Charlton, »daß wir Flugzeuge wegbringen müssen und nicht genügend Piloten dafür haben. Sie können doch eine von den alten Skyvans fliegen, oder?«

»Ich habe keinen Pilotenschein.«

»Das kümmert keinen. Jetzt können Sie sich einen Orden verdienen, mein Lieber.«

»Großartig«, sagte Snook düster. Er umklammerte die Handgriffe fester, als Charlton von der Küstenstraße auf eine ungeteerte Straße abbog, die westlich der Stadt zum Flugplatz führte. Charlton nahm keine Rücksicht auf die schlechtere Straße, und Snook war froh, als er die Umzäunung des Flugfeldes sah, erleichtert darüber, daß an der Einfahrt nur eine Handvoll Männer in Malaqi-

Kleidung stand, obwohl die meisten moderne Gewehre trugen, die anzeigten, daß sie zur Miliz des Sultans gehörten. Als der Jeep sich dem Tor näherte, sah er, daß andere Malaqi in Militäruniformen hinter dem Zaun standen, die Gewehre im Anschlag. Seine Hoffnung, die Lage sei vielleicht doch nicht so ernst, wie Charlton sie beschrieben hatte, verblaßte. Charlton drückte heftig auf die Hupe und forderte die Gruppe mit wütenden Armbewegungen auf, den Weg freizumachen.

»Bremsen Sie lieber«, schrie Snook.

Charlton schüttelte den Kopf.

»Wenn wir zu langsam sind, kommen wir nicht durch.«

Er fuhr mit hoher Geschwindigkeit weiter, bis sie die Einfahrt fast erreicht hatten und Gestalten in weißen Gewändern mit zornigen Rufen links und rechts zur Seite sprangen. Charlton bremste im letztmöglichen Augenblick scharf und lenkte den Jeep zwischen zwei Seitenflossen von verschrotteten Flugzeugen hindurch, die als Torpfosten dienten. Es sah so aus, als sei seine Taktik erfolgreich, aber ein älterer Araber, der auf einer großen Tonne gestanden hatte, sprang mit erhobenen Armen vor dem Fahrzeug herunter. Charlton konnte nicht mehr rechtzeitig reagieren. Der Mann wurde vom Jeep erfaßt und überfahren. Charlton kam hinter der schützenden Reihe von Soldaten schleudernd zum Stehen und sah Snook empört an.

»Haben Sie das gesehen?« stieß er hervor und wurde blaß. »Dieser Idiot!«

»Ich glaube, wir haben ihn umgebracht«, sagte Snook. Er drehte sich herum, sah, daß die Araber die am Boden liegende Gestalt umringten, und stieg aus. Ein bärtiger Sergeant tauchte auf und stieß ihn grob in das Fahrzeug zurück.

»Nicht umkehren«, sagte er scharf. »Sie werden Sie töten.«

»Wir können doch nicht einfach ...« Snooks Worte gingen unter, als Charlton Gas gab und der Jeep auf die Hangars zuraste. »Was tun Sie?«

»Der Sergeant macht keine Witze«, sagte Charlton grimmig, und wie um seine Worte zu unterstreichen, fielen Schüsse. Rings um den Jeep staubten Sandfontänen hoch.

Snook sank auf seinen Sitz und versuchte eine möglichst kleine

Zielscheibe abzugeben, während er widerstrebend einräumte, daß Charlton wenigstens in dieser Beziehung recht hatte. In Malaq gab es so wenige Autos, daß die Menschen sich mit der Unvermeidbarkeit von Verkehrsunfällen nie abgefunden hatten. Die Verwandten eines Unfallopfers behandelten seinen Tod stets als einen Fall vorbedachten Mordes und versuchten selbst in normalen Zeiten, Rache zu nehmen.

Snook setzte sich wieder auf, als der Jeep schützende Betonmauern erreichte und endlich vor dem ebenerdigen Gebäude hielt, in dem der Stab untergebracht war. Geschwaderkommodore Gross, früher bei der RAF, jetzt stellvertretender Chef der Luftwaffe des Sultans, kam herausgestürmt. Er blieb stehen und schwieg, als drei Skywhip-Düsenjäger in Formation von einer Startbahn abhoben. Sein glattrasiertes Gesicht war staubbedeckt.

»Ich habe Schüsse gehört«, sagte er, als der Düsenlärm nachließ. »Was ist passiert?«

Charlton starrte auf seine Hände, die das Lenkrad umklammerten.

»Sie haben auf uns geschossen, Sir. Einer von den Leuten geriet vor das Fahrzeug, als ich hereinfuhr.«

»Tot?«

»Er war schon ziemlich alt.«

»Auf Sie ist Verlaß, Charlton«, sagte Gross bitter. »Allmächtiger! Als wäre es so noch nicht schlimm genug!«

Charlton räusperte sich.

»Ich habe Snook gefunden, Sir. Er will eine Skyvan ausfliegen.«

»Es sind nur noch zwei da – und die fliegen nicht mehr.« Gross deutete zu einem Hangar, wo zwei von den plumpen Maschinen standen. Der Steuerbord-Propeller der einen hatte die Tragfläche der anderen durchschnitten.

Snook sprang auf den heißen Boden.

»Ich sehe mir den Schaden an.«

»Nein, ich bringe alle Zivilisten nach Norden, bis es hier vorbei ist. Fliegen Sie mit Charlton in seiner Skywhip.« Gross sah Charlton grimmig an. »Ich wünsche eine angenehme Reise.«

»Danke.« Snook drehte sich um und lief Charlton nach, der schon auf halbem Weg zu der Düsenmaschine war. Er kletterte auf den Rücksitz und setzte den Kopfhörer auf, während Charlton den Motor auf Touren brachte. Das Flugzeug rollte an, schwankte auf dem Fahrgestell und erreichte die Startbahn. Snook plagte sich noch mit den Gurten, als die polternden Stöße im Rumpf aufhörten. Sie waren in der Luft. Er schaute auf die Uhr: 13.06 Uhr – vor guten zehn Minuten hatte er noch im Hotel gesessen und seinen Cocktail getrunken.

Er zog die letzte Schnalle fest, hob den Kopf und merkte sofort, daß sie nach Süden flogen. Da er nicht voreilig sein wollte, wartete er, bis die Maschine eine Höhe von 7000 Metern erreicht hatte, ohne den Kurs zu verändern, bevor er sich beim Piloten meldete.

»Was soll das, Chuck?« fragte er kalt.

Charltons Stimme klang frisch und unbekümmert aus dem Kopfhörer.

»Betrachten Sie es so, Freund: In Malaqi sind wir alle beide erledigt. Die alte Vogelscheuche, die uns vor den Wagen gesprungen ist, hatte wahrscheinlich vierzig Söhne und Neffen, und egal, wohin Sie wollen, sie werden mit ihren Martinis und Lee-Enfields losballern. Die meisten sind miserable Schützen, aber eines Tages kommen sie nah genug heran, und es wird Ihnen nichts nützen, darauf hinzuweisen, daß Sie nur der Beifahrer gewesen sind. Glauben Sie mir, da kenne ich mich aus.«

»Und wohin fliegen wir?«

»Für Gross fliege ich ohnehin nicht mehr. Wir sollten eigentlich eine Angriffsformation sein, aber–«

»Ich habe Sie gefragt, wohin wir fliegen.«

Charltons Hand tauchte über dem Rand seines Schleudersitzes auf, und der Zeigefinger deutete genau in Flugrichtung.

»Wir haben ganz Afrika vor uns.«

Snook schüttelte ungläubig den Kopf.

»Mein Paß liegt in meinem Hotelzimmer. Wo ist Ihrer?«

»In meiner Unterkunft. Aber machen Sie sich keine Sorgen – wir sind in Reichweite von mindestens sechs nagelneuen Republiken, die uns gern Asyl gewähren werden. Im Austausch für das Flugzeug, versteht sich.«

»Versteht sich.« Snook sah zum östlichen Himmel hinauf und

runzelte die Stirn. Thorntons Planet war unsichtbar und unwirklich, aber wie jede andere geisterhafte Erscheinung am Himmel war er ein böses Omen gewesen.

3

Bis zum Frühling 1996 verblaßte der Vorbeiflug von Thorntons Planeten selbst aus der Erinnerung der Menschen, die bei seiner größten Annäherung an die Erde am heftigsten erschrocken waren. Er war tatsächlich durch das kosmische Nadelöhr zwischen Erde und Mond gegangen, aber wie verschiedene Autoritäten vorausgesagt hatten, waren die physischen Auswirkungen für den Mann auf der Straße gleich null gewesen. Wie das Objekt zur Größe aller anderen Planeten geschrumpft war, so war seine Bedeutung für den Durchschnittsmenschen geschwunden, der sich nach wie vor der Aufgabe gegenübersah, in einer zunehmend hungrigen und zerrissenen Welt am Leben zu bleiben. Noch immer konnte jeder, der Magniluct-Gläser aufsetzte und ihn suchte, Thorntons Planeten sehen, aber die Neuheit, manchmal auf den Boden zu blicken und durch die ganze Erde hindurch einen blauen Stern heraufleuchten zu sehen, nutzte sich ab. Er lieferte weder Nahrung noch Wärme und hatte auch sonst keinen praktischen Wert, also reihte man ihn unter die anderen astronomischen Kuriositäten wie Nordlichter und Sternschnuppen ein.

Bei den Wissenschaftlern sah es anders aus. Die Natur des Eindringlings behinderten seine Beobachtung und Erforschung, aber lange bevor Thorntons Planet an der Erde vorbeiflog, stand schon fest, daß er von der Sonne eingefangen wurde. Schräg durch die Ekliptikebene herabstoßend, war er in die Merkurbahn hineingestürzt, war immer schneller geworden, hatte die Sonne umrundet und sich dann durch die äußeren Bereiche des Sonnensystems zurückgezogen. Sein Verhalten war mit dem eines aus normaler hadronischer Materie bestehenden Planeten nicht ganz vereinbar, aber Berechnungen zeigten, daß er eine stark elliptische Präzessions-Bahn mit einer Periode von wenig mehr als vierundzwanzig

Jahren eingeschlagen hatte. Die Bahnelemente waren von solcher Art, daß man erwartete, der Planet werde nach vier Umläufen, also nicht ganz hundert Jahre nach seinem ersten Vorbeiflug, der Erde den nächsten Besuch abstatten.

Diese Information fand bei Wissenschaftlern vieler Disziplinen geteilte Aufnahme. Sie hätten allesamt vorausgesagt, daß ein Anti-Neutrino-Körper das Sonnensystem in gerader Linie durchfliegen müßte, unbeeinflußt von der Anziehungskraft der Sonne. Die meisten waren entsetzt darüber, die ganze Zitadelle menschlicher Wissenschaft von einem beiläufigen, achtlosen Besucher aus der Unendlichkeit bedroht zu sehen; andere waren von der neuen Herausforderung für den menschlichen Intellekt angetan. Und einige wenige bestritten die Auslegung der Daten und wiesen die Möglichkeit zurück, Thorntons Planet könne irgendeine objektive Realität besitzen.

Was Gilbert Snook betraf, so wußte er über jeden Zweifel hinaus, daß es Thorntons Planet wirklich gab. Er hatte in sein helles, blindes Antlitz geblickt und die Zerstörung seines ganzen Lebensstils erlebt.

Es gab eine Reihe von Dingen, die Snook an seiner neuen Laufbahn in der neun Jahre alten Republik Barandi störten, wenngleich, wie er zugeben mußte, viele Probleme auf sein eigenes Konto gingen. Das erste hatte sich binnen einer Minute nach dem Stillstand der Skywhip auf dem größten Militärflugplatz von Barandi am Nordufer des Viktoria-Sees ergeben.

Leutnant Charlton hatte nach ausführlicher Anmeldung auf der örtlichen Funkfrequenz einen mitfühlenden Empfang arrangieren können. Als sich ergab, daß er Barandi das Geschenk eines wohlerhaltenen Flugzeugs zur Bekämpfung von Aufständischen machte, dazu seine Dienste als Pilot, wurde der Empfang zu einer kleinen Staatsaffäre aufgewertet, unter Anwesenheit mehrerer hoher Offiziere und ihrer Damen.

Die verspätete Entdeckung von Diamanten im westlichen Kenia hatte die örtliche Beschleunigung eines weltweiten Vorgangs ausgelöst: das Auseinanderbrechen von Ländern in immer kleinere politische Einheiten, als sich starke Zentralgewalten nicht mehr durchsetzen konnten. Barandi war eines von mehreren neuen Ländchen in diesem Gebiet, das am Rand der Legalität lebte, und es brauchte dringend Abwehrwaffen, um seine Position zu festigen. Demzufolge hatte unter der litzen- und ordengeschmückten Gruppe, die versammelt war, um die Wohltäter, die aus dem östlichen Himmel herabfegten, zu begrüßen, eine zufriedene, beinahe fröhliche Atmosphäre geherrscht.

Unglücklicherweise hatte Snook die günstige Situation dadurch beeinträchtigt, daß er sich Charlton zuwandte, als sie auf dem Boden standen, und mit dem härtesten Hieb, den er je ausgeteilt hatte, zu Boden schlug. Wäre es allein seine Absicht gewesen, Bewußtlosigkeit hervorzurufen, hätte er sich Charltons Magengrube oder Kinn ausgesucht, aber er hatte den überwältigenden Drang verspürt, sein Gesicht zu malträtieren, und ihn deshalb genau zwischen die Augen getroffen. Die Folge waren zwei riesengroße blaue Flecken und eine ungeheuer angeschwollene Nase gewesen, was Charltons Image als gutaussehendem jungen Flieger erheblichen Abbruch getan hatte.

Das lag nun fast drei Jahre zurück, aber an Tagen schlechter Bestrahlung munterte es Snook immer noch auf, wenn er sich erinnerte, wie sehr Charltons gesellschaftliche Aktivitäten in der ersten Woche des Aufenthalts durch sein groteskes Aussehen eingeschränkt waren.

Sein eigenes Leben war natürlich noch stärker eingeschränkt gewesen. Er hatte zwei Tage im Gefängnis gesessen, während Charlton sich dazu entschloß, ihm nichts nachzutragen; er war einen ganzen Tag lang über seine politische Einstellung verhört und danach einen ganzen Monat eingesperrt worden, als er klarmachte, daß er weder die Skywhip noch irgendein anderes barandisches Flugzeug warten wollte. Schließlich hatte man ihn freigelassen, davor gewarnt, das Land zu verlassen und ihm angesichts seiner technischen Fähigkeiten die Aufgabe übertragen, analphabetische Eingeborene zu unterrichten, die in den tiefen Bergwerken westlich Kisumu arbeiteten.

Snook hielt seinen Posten eher für eine Fiktion, darauf gezielt, Barandi in den Augen der UNESCO aufzuwerten, aber er hatte einen brauchbaren Ablauf entwickelt und sogar bestimmte Lebensaspekte entdeckt, die er genießen konnte. Dazu gehörte reichlicher

Nachschub an großartigem arabischem Kaffee, und er machte es sich zur Gewohnheit, jeden Morgen, bevor er an die Arbeit dachte, vier große Tassen davon zu trinken.

Um diese Zeit genoß er es am meisten, allein zu sein, und als er Lärm vom Bergwerkseingang her hörte, ließ er sich nicht davon abbringen, seine vierte Tasse in Ruhe auszutrinken. Allzu ernst schien die Sache nicht zu sein. Vor einem Hintergrundgewirr von Stimmen war ein vereinzeltes, schrilles Jammern zu hören, das sich so anhörte, als überlasse sich ein einzelner Mann der Hysterie. Snook vermutete, daß jemand Fieber bekommen oder zuviel getrunken hatte. So oder so, es ging ihn nichts an – in Barandi war beides eine Art Nationalsport.

Der Gedanke an Alkohol erinnerte Snook an seine Soloexzesse in der vergangenen Nacht. Er verließ die kleine Küche des Bungalows, ging ins Wohnzimmer und holte zwei leere Ginflaschen und ein Glas. Der Anblick der zweiten Flasche versetzte ihm einen Stich – er war ziemlich sicher, daß beide tags zuvor nicht voll gewesen waren, aber die Tatsache, daß ein Zweifel blieb, war Beweis genug, daß er viel zu viel trank. Es wurde Zeit für ihn, sich in eine andere Gegend abzusetzen, ohne Rücksicht auf Pässe oder andere Schwierigkeiten.

Snook ging hinten hinaus und zerschlug zeremoniell die grünen Flaschen in seiner Mülltonne, als ihm klar wurde, daß er die einsame Stimme in der Ferne noch immer hören konnte, und zum erstenmal spürte er die Angst in ihr. Wieder einmal beschlich ihn eine Vorahnung. Er hörte Schritte neben dem Haus. George Murphy, ein Aufseher im Bergwerk, kam herangeeilt. Murphy war ein Schwarzer aus Kenia, aber der neue barandische Nationalismus verabscheute den Gebrauch von Suaheli-Namen als Überbleibsel der Vergangenheit ebenso wie die Vorführung von Stammestänzen und das Schnitzen von Holzfiguren für Touristen, und jeder Bürger besaß für den amtlichen und allgemeinen Gebrauch einen englischen Namen.

»Guten Morgen, Gil.« Murphys Gruß wirkte gelassen, aber Heben und Senken des Brustkorbs unter dem Silberkordhemd bewiesen, daß er gerannt war. Sein Atem roch nach Pfefferminz-Kaugummi.

»*Jambo*, George. Was ist los?« Snook legte den Deckel auf die Tonne und verbarg seinen Schatz künstlicher Smaragde.

»Harold Harper.«

»Macht er das ganze Theater?«

»Ja.«

»Was hat er? Delirium?«

»Ich bin nicht sicher, Gil«, sagte Murphy vage.

»Wie meinen Sie das?«

»Harper trinkt nicht viel – aber er sagt, er hätte einen Geist gesehen.«

»Ein Gespenst?« Snook lachte. »Es ist erstaunlich, was man durch den Boden einer Flasche alles sehen kann.«

»Ich glaube nicht, daß er getrunken hat. Der Vorarbeiter hätte es bemerkt.«

»War er im Bergwerk, als das passierte?« fragte Snook.

»Ja. Er kam von der Nachtschicht in der Grundstrecke zurück.«

»Wie sah dieses – Gespenst aus?«

»Tja, es ist schwer, aus Harper etwas Vernünftiges herauszubekommen, solange er in dieser Verfassung ist–«

»Sie müssen doch eine Ahnung haben. Sprechen wir von einer Dame in einem langen, weißen Kleid oder dergleichen?«

Murphy schob die Hände tief in die Hosentaschen und zog die Schulter hoch.

»Harper sagt, aus dem Boden sei ein Kopf heraufgekommen und dann wieder hinabgesunken.«

»Das ist mir neu.« Snook schüttelte den Kopf. »Ich habe mal einen gekannt, der Langhalsgänse unter seinem Bett hervormarschieren sah.«

»Ich sagte schon, daß Harper nicht getrunken hat.«

»Man braucht ja nicht bis zu dem Augenblick zu saufen, in dem das Delirium anfängt.«

»Davon habe ich keine Ahnung.« Murphy begann die Geduld zu verlieren. »Kommen Sie und reden Sie mit ihm? Er ist ziemlich durcheinander, und der Doktor ist drüben in Nummer Vier.«

»Wozu soll das gut sein? Ich bin kein Arzt.«

»Aus irgendeinem Grund sieht Harper zu Ihnen auf. Aus irgendeinem Grund hält er Sie für seinen Freund.«

Snook konnte wohl sehen, daß der Aufseher zornig wurde, aber sein Widerwille gegen irgendein Engagement war so stark wie eh und je. Harper gehörte zu mehreren seiner Klassen und hatte nach dem Unterricht ab und zu über besonders interessante Punkte mit ihm diskutiert.

»Harper und ich kommen gut miteinander aus«, sagte Snook, »aber ich glaube nicht, daß ich ihm in einem solchen Fall helfen kann.«

»Ich auch nicht.« Murphy wandte sich ab, und seine Stimme verriet, was er von Snooks Einstellung dachte. »Vielleicht ist Harper nur ein Verrückter. Oder mit seiner Magniluct-Brille stimmt etwas nicht.«

Snook wurde es plötzlich kalt.

»Augenblick mal. Hat Harper sie getragen, als er dieses – Ding sah?«

»Was spielt das für eine Rolle?«

»Ich weiß nicht – es kommt mir merkwürdig vor, das ist alles. Wie kann da ein Defekt auftreten?«

»Keine Ahnung«, sagte Murphy zögernd. »Materialfehler, vielleicht. Seltsame Spiegelungen.«

»George, wovon reden Sie?«

»Das ist nicht der erste Vorfall in dieser Woche. Am Dienstagmorgen behaupteten zwei Männer, die von der Nachtschicht kamen, sie hätten unten eine Art Vogel herumfliegen sehen. Wenn Sie mich fragen, hatten die getrunken.« Murphy entfernte sich. »Ich will Sie nicht länger aufhalten.«

Snook dachte an die lähmende Angst, die er beim Anblick des fleckigen, leuchtenden Angesichts von Thorntons Planeten vor drei Jahren empfunden hatte. Ein Instinkt stellte ihm die Frage, ob Harold Harper, gleichermaßen unvorbereitet, Kontakt mit dem Unbekannten aufgenommen hatte.

»Wenn Sie warten, ziehe ich Stiefel an und begleite Sie«, sagte er zu Murphy.

Das Nationale Bergwerk Drei von Barandi war eines der modernsten auf der ganzen Welt und besaß nur wenige der bei älteren Bergwerken gewohnten Merkmale. Der Hauptschacht war im

Querschnitt genau kreisrund, gebohrt von einem fahrbaren Ultraschallprojektor, der Lehm und Gestein im Bereich seines Strahls in monomolekularen Staub verwandelte. Abgesehen von den verschiedenen Fördermechanismen war das hervorstechendste Merkmal des Zecheneingangs das Schlangengewirr aus Vakuumröhren, die den von tragbaren Projektoren in den Flözen erzeugten Staub absaugten. Er wurde dann in eine nahe gelegene Verarbeitungsanlage über Rohre weitergeblasen, wo er als Nebenprodukt die Grundlage von hochwertigem Zement bildete.

Eines allerdings hatte das Bergwerk mit allen anderen gemein, die derart kostbares Gut förderten: ein überaus strenges Sicherheitssystem. Seine Aufgabe als Lehrer ermöglichte es Snook, sich im Außenbereich von Verwaltungsgebäuden und Läden frei zu bewegen, aber durch das Tor im Zaun, der den Bergwerkseingang umspannte, war er noch nie gekommen. Er schaute sich interessiert um, als die bewaffneten Posten seine Papiere prüften. An der Abfertigungsbaracke für die Bergarbeiter stand ein Militärjeep mit dem Stern-Schwert-Emblem der barandischen Regierung.

Snook deutete auf das Fahrzeug.

»Besuch von Hofe?«

»Colonel Freeborn ist hier. Er besucht uns etwa einmal im Monat, um persönlich die Sicherheitsvorkehrungen zu überprüfen.« Murphy verzog den Mund. »Ausgerechnet heute.«

»Ist das ein großer Mann mit einer Delle im Kopf?«

»Stimmt.« Murphy sah Snook forschend an. »Haben Sie ihn kennengelernt?«

»Nur einmal – das ist schon eine Weile her.«

Snook war seinerzeit von mehreren Offizieren verhört worden, aber an Colonel Freeborn erinnerte er sich ganz genau. Freeborn hatte sich Snooks Weigerung, an den Flugzeugen Barandis zu arbeiten, angehört und dann gesagt: »Ich bin ein wichtiger Mann hier im Land, befreundet mit dem Präsidenten, und vergeude keine Zeit mit weißen Ausländern, schon gar nicht mit Ihnen. Wenn Sie nicht vernünftig antworten, verlassen Sie das Zimmer mit einem Schädel wie dem meinen.« Er hatte nach seinem Stock gegriffen und den goldenen Kugelgriff in die runde Vertiefung seines kahlrasierten Schädels gelegt. Snook schob die Erinnerung beiseite.

»Ich höre Harper nicht mehr«, sagte er. »Vielleicht beruhigt er sich.«

»Hoffentlich.« Murphy ging voraus zu einem Trailer mit dem roten Kreuz. Sie stiegen die Stufen hinauf und betraten einen Vorraum, der bis auf ein paar Klappstühle und WHO-Plakate leer war. Harold Harper, ein breitschultriger, aber sehr magerer Mann Mitte Zwanzig hockte auf einem der Stühle; zwei Plätze von ihm entfernt ein schwarzer Pfleger mit wachsamen Augen. Harper lächelte schief, als er Snook sah, sagte aber nichts und rührte sich auch nicht.

»Ich mußte ihm eine Spritze geben, Mister Murphy«, sagte der Pfleger.

»Ohne Arzt?«

»Colonel Freeborn hat es befohlen.«

Murphy seufzte.

»Die Autorität des Colonels erstreckt sich nicht auf die Medizin.«

»Soll das ein Witz sein?« Der Pfleger sah ihn empört an. »Ich will keine Delle im Schädel.«

»Vielleicht war das mit der Spritze eine gute Idee«, sagte Snook, ging auf Harper zu und ließ sich auf ein Knie nieder. »He, Harold, was ist denn? Was war da mit einem Gespenst?«

Harpers Lächeln verschwand.

»Ich habe einen Geist gesehen, Gil.«

»Glück gehabt – mir ist in meinem ganzen Leben noch keiner begegnet.«

»Glück?« Harpers Blick glitt zur Seite und schien sich auf etwas außerhalb des kleinen Raumes zu richten.

»Was genau haben Sie gesehen, Harold?«

Harper begann mit verträumter Stimme zu sprechen und verfiel ab und zu in Suaheli.

»Ich war unten im Flöz 8 ... am Ende vom Südrohr ... hatten keinen gelben Lehm mehr vor uns und stießen nur noch auf Gestein ... mußte meinen Projektor neu einstellen, aber ich wußte, daß bald Schichtende war ... kehrte um und sah etwas am Boden ... eine kleine Kuppel, wie der obere Teil einer Kokosnuß ... glänzend, aber ich konnte hindurchsehen ... versuchte das

Ding zu berühren – nichts vorhanden ... nahm die Magniluct-Brille ab, um besser zu sehen, Sie wissen ja, wie man das macht, ganz automatisch, aber da unten ist kaum Licht ... ohne die Brille konnte ich gar nichts erkennen ... also setzte ich sie wieder auf ... und ... und ...« Harper verstummte und begann mühsam zu atmen. Seine Füße zuckten.

»Was haben Sie gesehen, Harold?«

»Da war ein Kopf ... Meine Hand war in ihm.«

»Was für ein Kopf?«

»Nicht menschlich ... nicht wie ein Tier ... ungefähr so groß ...« Harper krümmte die Finger, als halte er einen Fußball. »Drei Augen ... nebeneinander, ganz oben ... Mund ganz unten ... meine Hand war in dem Kopf, Gil. Mitten in dem Kopf.«

»Haben Sie etwas gespürt?«

»Nein. Ich bin zurückgewichen. Ich war am Ende des Stollens und konnte nicht weg ... also blieb ich einfach sitzen.«

»Was geschah dann?«

»Der Kopf drehte sich ein bißchen ... der Mund bewegte sich, aber zu hören war nichts ... dann versank er im Gestein. Er war fort.«

»War ein Loch im Gestein?«

»Es war kein Loch im Gestein. Ich habe wirklich ein Gespenst gesehen, Gil.«

»Können Sie mir die genaue Stelle zeigen?«

»Könnte ich.« Harper schloß die Augen, und sein Kopf schwankte. »Aber das mache ich nicht. Ich gehe da nicht wieder hinunter. Nie mehr ...« Er lehnte sich zurück und begann zu schnarchen.

»He, Sie da!« Murphy stieß den Pfleger an. »Wieviel haben Sie in den Mann hineingepumpt?«

»Dem passiert nichts. Ich hab' schon öfter Beruhigungsspritzen gegeben.«

»Hoffentlich passiert ihm nichts, Mann. Ich komme jede Stunde vorbei, um nachzusehen. Legen Sie ihn lieber auf ein Bett und kümmern Sie sich um ihn.«

Snook ging mit ihm hinaus.

»Hören Sie«, sagte er im Freien. »Es tut mir leid, daß ich vorhin so langsam geschaltet habe. Ich wußte nicht, womit Harper es zu tun hatte.«

»Okay, Gil«, sagte Murphy lächelnd. »Sie glauben, was er Ihnen erzählt hat?«

»Es klingt verrückt, aber ich glaube ihm. Ausgemacht hat das die Sache mit der Brille. Als er sie abnahm, konnte er den Kopf, oder was es war, nicht mehr sehen.«

»Deshalb dachte ich, mit der Brille sei etwas nicht in Ordnung.«

»Und ich dachte, was Harper gesehen hat, ist völlig real, auch wenn ich es nicht erklären kann. Tragen alle Bergarbeiter Magniluct?«

»Sie werden an jeden ausgegeben. Die Stromrechnungen sinken dadurch um neunzig Prozent – und Sie kennen die Energielage, seitdem man auf Atomkraftwerke verzichtet.«

»Allerdings.« Snook verengte die Augen und verfolgte, wie die Sonne hinter den Bergen im Osten heraufstieg. Am Förderturm standen die Arbeiter, um mit ihrer Schicht zu beginnen, und Snook sah, daß eine Anzahl von ihnen grinsten und ihm zuwinkten. Einer hielt ihm seinen gelben Schutzhelm hin und deutete auf den Schachteingang, und die anderen brachen in Gelächter aus, als Snook heftig den Kopf schüttelte.

»Scheinen gut in Form zu sein«, meinte Snook. »Beim Unterricht sind die meisten nicht so lebendig.«

»Sie haben Angst«, sagte Murphy. »In einem Bergarbeiterlager verbreiten sich Gerüchte schnell, und die beiden Männer, die am Dienstag einen Vogel gesehen haben wollen, schwätzen ununterbrochen. Die Sache mit Harper hat sich schon herumgesprochen, und wenn er heute abend in die Bar kommt und etwas trinkt–«

»Wovor haben sie Angst?«

»Vor zehn Jahren waren die meisten Hirten und Bauern. Präsident Ogilvie hat sie zusammengetrieben wie ihre eigenen Rinder, ihnen allen englische Namen gegeben, die Bantu-Sprache zugunsten von Englisch verboten, ihnen Hemd und Hose angezogen – aber verändert hat er sie nicht. Sie sind nie gern in die Stollen hinuntergegangen, und sie werden es nie gerne tun.«

»Man möchte meinen, nach zehn Jahren–«

»Für sie ist das unten einfach eine andere Welt, in der sie nichts zu suchen haben. Alles, was sie brauchen, ist eine Andeutung, nur eine Andeutung, daß die rechtmäßigen Bewohner dieser Welt etwas gegen ihre Anwesenheit haben, dann werden sie sich weigern, wieder hinunterzufahren.«

»Was würde dann geschehen?«

Murphy zog eine Schachtel Zigaretten aus der Hemdtasche und bot sie Snook an.

»Allein diese Mine hat voriges Jahr über vierzigtausend Karat produziert. Was würde wohl passieren, Ihrer Meinung nach?«

»Colonel Freeborn?«

»Genau – Colonel Freeborn würde passieren. Im Augenblick bezahlt die Regierung den Männern einen Lohn, von dem sie leben können, bietet medizinische Versorgung – wenn es auch für vier Bergwerke nur einen ausgebildeten Arzt gibt – und kostenlosen Unterricht – auch wenn der Lehrer ein arbeitsloser Flugzeugmechaniker ist...« Murphy zwinkerte Snook zu, als dieser sich tief verbeugte. »Das System kostet nicht viel, und die Berater des Präsidenten holen an Propagandawert heraus, was sie können. Wenn die Arbeiter aber versuchen würden, zu streiken, käme Colonel Freeborn mit einem anderen System. Hier war immer Sklavenland, wissen Sie.«

»Riskieren Sie nicht einiges, wenn Sie so mit mir reden?« fragte Snook nach einer Pause.

»Ich glaube nicht. Ich überlege mir schon, zu wem ich das sage.«

»Nett von Ihnen«, sagte Snook, »aber wären Sie beleidigt, wenn ich trotzdem der Meinung bin, daß Sie einen Grund haben müssen?«

»Nicht beleidigt – enttäuscht, vielleicht.« Murphy lachte in sich hinein. »Die Männer mögen Sie, weil Sie ehrlich sind. Und weil Sie sich nicht zum Narren halten lassen.«

»Sie sind immer noch nett zu mir, George.«

Murphy breitete die Hände aus.

»Was ich sagte, gehört zum Thema. Hören Sie, wenn Sie diese Gespenstergeschichte untersuchen und mit einer beruhigenden Erklärung daherkommen, akzeptieren die Männer das. Und Sie tun ihnen einen großen Gefallen.«

»Alles, was der Lehrer sagt, stimmt.«

»In diesem Fall ja«, sagte Murphy.

»Interessiert bin ich.« Snook drehte sich um und betrachtete das Stahlgerüst über dem Zugang zu dem drei Kilometer tiefen Schacht. »Aber ich dachte immer, Besucher dürfen da nicht hinunter.«

»Sie sind ein Sonderfall. Ich habe mit Alain Cartier, dem Bergwerksdirektor, vor einer Weile gesprochen, und er hat die Sondererlaubnis schon erteilt.«

4

Snook hatte darum gebeten, die Beleuchtung auf ein Mindestmaß zu beschränken, und die Dunkelheit am Ende des Südastes von Stollen Acht war deshalb fast total. Er kam sich vor, als stehe er in einem Brunnen voll schwarzer Tinte, der ihm nicht nur alles Licht nahm, sondern auch die ganze Wärme aus seinem Körper sog. Er hatte eine Lampe am Gürtel, aber als einzige Erleichterung gestattete er sich von Zeit zu Zeit, auf den Anzeigeknopf seiner Armbanduhr zu drücken. Das flüchtige Erscheinen der roten Ziffern, die ihm sagten, daß oben in der Welt die Dämmerung aufkam, erzeugte auch eine Illusion von Wärme. Er spürte eine Berührung am Arm.

»Was machen wir, wenn nichts geschieht?« Murphys Stimme klang fast unhörbar, obwohl er nur zwei Schritte entfernt stand.

Snook grinste in die Dunkelheit hinein.

»Sie brauchen nicht zu flüstern, George.«

»Zum Teufel mit Ihnen, Snook.« Es gab eine Pause, dann wiederholte Murphy seine Frage mit ein wenig lauterer Stimme.

»Dann versuchen wir es morgen eben noch einmal.«

»Und ich bringe eine Wärmflasche und eine Thermosflasche mit heißer Suppe mit.«

»Bedaure«, sagte Snook. »Keine Wärmequellen – eine der Kameras ist mit Infrarotfilm bestückt, und ich möchte nicht, daß etwas schiefgeht. Von Fotografie verstehe ich nicht viel.«

»Aber Sie glauben, daß ein Magniluct-Filter vor einem Objektiv wirkt?«

»Wüßte nicht, warum es nicht wirken sollte.«

»Sehen kann ich überhaupt nichts«, flüsterte Murphy bedrückt. »Auch nicht mit der Magniluct-Brille.«

»Behalten Sie die Brille auf – kurz vor der Morgendämmerung müßte eigentlich die richtige Zeit für eine Erscheinung sein, wenn es eine geben sollte.«

Snook trug ebenfalls eine Magniluct-Brille und konnte, wie Murphy, fast nichts sehen. Die Gläser dienten dazu, schwaches Licht so weit zu verstärken, daß die Umgebung des Betrachters sichtbar wurde, aber unterhalb einer gewissen Schwelle war ihre Leistungsfähigkeit zweifelhaft. Er lehnte sich an die Wand und bewegte die Augen ständig hin und her, entschlossen, sich nicht das Mindeste entgehen zu lassen. Ab und zu nahm er die Brille ab, um die beiden Lichtstärken zu vergleichen. Es mochten an die zehn Minuten vergangen sein, als Snook eine geringe Veränderung wahrzunehmen glaubte – er hatte das Gefühl, daß die Schwärze nicht mehr ganz so undurchdringlich war, wenn er durch die Brille blickte. Umrisse waren nicht erkennbar, nicht einmal eine örtliche Änderung im Beinahe-Licht, und trotzdem hatte er das fast sichere Gefühl, daß sein Gesichtsfeld um ein Winziges heller geworden war, so, als dringe ein schwach leuchtendes Gas in den Tunnel.

»George, fällt Ihnen etwas auf?« fragte er.

»Nein.«

Plötzlich tauchte links von Snook ein Lichtpünktchen auf, schwach wie ein Stern minderer Größe, und wanderte langsam vorbei. Snook drückte den Knopf, der über eine Vorrichtung, die er untertags gebastelt hatte, die Verschlüsse von vier Kameras auslöste. Das Mehrfach-Klicken und die Geräusche der Aufzugsmotoren waren in der angespannten Schwärze erschreckend laut. Er überprüfte die Zeit anhand seiner Uhr und prägte sie sich ein.

»Haben Sie das gesehen?« fragte er. »Wie ein kleines Glühwürmchen.«

Es blieb kurze Zeit still, dann sagte Murphy: »Gil – am Boden!«

Ein Lichtpunkt erschien am Boden und wurde mit der Zeit zu einer Scheibe. Als der Kreis so groß war wie eine Männerhand, begriff Snook, daß er in Wirklichkeit eine leuchtende Kuppel vor sich hatte, oben mit Haarbüscheln, wie eine Kokosnuß. Er bemühte sich, normal zu atmen und betätigte mit großer Willensanstrengung noch einmal die Kameras. Binnen Sekunden war die Kuppel hochgestiegen und hatte sich zu einem grob kugelrunden Objekt vergrößert, das einem Kopf glich.

Ganz oben gab es zwei Augen, und zwischen ihnen – nur ein wenig tiefer – ein drittes Loch, das eine Nase hätte sein können. Ohren waren nicht sichtbar, und ganz unten sah man einen geschlitzten Mund, unglaublich breit und beweglich. Der Mund zuckte und krümmte sich, nahm komplizierte Wölbungen und Schiefstellungen an, die – im Gesicht eines Menschen – ein Wechselspiel von Gefühlen bezeichnet hätten, von Langeweile über Zorn zu Belustigung und Ungeduld, dazu andere, für die es keine menschliche Entsprechung gab.

Das Geräusch von Murphys rauher Atmung erinnerte Snook daran, daß er noch etwas zu tun hatte. Er machte wieder Aufnahmen und löste ohne bewußte Bemühung in Abständen von jeweils einigen Sekunden die Apparate aus, als die Erscheinung gleichmäßig höherstieg und vollständiger sichtbar wurde.

Dem Kopf des fremden Wesens folgten schmale, hängende Schultern und Arme mit seltsamen Gelenken, die aus komplizierten Gewändern hervorragten, versehen mit Rüschen und Bändern, umso raffinierter, als sie halb-durchsichtig waren und somit am Rükken der Gestalt ebenso wahrgenommen werden konnten wie vorne. Schattenhafte Organe glitten und pulsierten im Inneren des Körpers. Das Wesen erhob sich gleichmäßig weiterhin aus dem Boden, in völliger Stille, bis es zur Gänze sichtbar war. Es hatte ungefähr die Größe eines kleinen Mannes, auf zwei unverhältnismäßig dünnen Beinen, die zwischen den hängenden Falten der Gewänder nur undeutlich zu sehen waren. Die Füße waren dreieckig und flach, mit strahlenförmig angeordneten Knochen, zwischen denen sich die Riemen von sandalenähnlicher Fußbekleidung zeigten.

Als das Wesen ganz in den Stollen heraufgekommen war, drehte es sich ein wenig und hob mit einer seltsam menschlich wirkenden Geste die Hand an die Augen, als wollte er sie vor grellem Licht schützen. Es ließ nicht erkennen, daß es die beiden Männer wahrnahm. Snooks Verstandeskräfte wurden von einem klopfenden Angstgefühl beinahe ausgelöscht, aber er stellte fest, daß er noch immer die Fähigkeit besaß, überrascht zu werden. Von den physikalischen Gesetzen seines eigenen Daseins beeinflußt, hatte er erwartet, die leuchtende Gestalt werde mit ihrer Aufwärtsbewegung aufhören, sobald sie seine eigene Ebene erreicht hatte, aber sie stieg weiter empor, bis ihr Kopf in die Stollendecke eindrang. Der Rest des bläulichumrissenen durchsichtigen Körpers folgte nach.

Von der Ebene der Füße aus horizontal ausgebreitet, sah man eine leuchtende Oberfläche, einen körperlosen Boden, der ebenfalls emporschwebte und den Eindruck erweckte, der Stollen fülle sich mit leuchtender Flüssigkeit. Als das Niveau über Snooks Augen hinaufglitt, sah er sich von wolkiger Grellheit geblendet und riß in plötzlicher Panik die Magniluct-Brille herunter.

Der Stollen versank wieder in totaler Dunkelheit, und Snook ertappte sich dabei, daß er Augenblicke lang zitterte aus Erleichterung darüber, daß er nichts sehen konnte. Er blieb einige Zeit regungslos stehen und atmete schwer, dann knipste er die Lampe an.

»Wie geht es, George?« fragte er.

»Nicht so gut«, meinte Murphy. »Mir ist schlecht.«

Snook packte Murphy am Arm und zog ihn von der Rückwand weg.

»Mir auch, aber das sparen wir uns lieber für später.«

»Warum?«

»Ich weiß nicht, wie hoch unser Besucher gehen will, aber ich glaube, Sie sollten die Männer aus dem Stollen über uns herausholen. Wenn sie sehen, was wir eben gesehen haben, schließt das Bergwerk für immer.«

»Ich – was war das, Ihrer Meinung nach?«

»Ein Gespenst, George. Nach allen klassischen Maßstäben war das ein Gespenst.«

»Es war nicht menschlich.«

»Das sind Gespenster nie.«

»Ich meine, es war nicht das Gespenst eines menschlichen Wesens.«

»Wir haben jetzt keine Zeit, uns darüber den Kopf zu zerbrechen.« Snook setzte die Magniluct-Brille wieder auf und sah sein Gesichtsfeld noch immer mit einem nebligen Leuchten ausgefüllt, das teilweise die Einzelheiten des im Stollen Sichtbaren selbst bei eingeschalteter Lampe verhüllte. Er nahm die Brille ab und verglich die Zeit auf seiner Uhr. »Mal sehen . . . Der Stollen ist etwa zwei Meter hoch und das Ding, das wir gesehen haben, ist in ungefähr sechs Minuten hindurchgeglitten.«

»Das waren nur sechs Minuten?«

»Mehr nicht. Befindet sich unmittelbar über diesem noch ein Stollen?«

»Nur das ganze Sieben-C-System, mehr nicht.«

»Wie weit ist es bis dort oben?«

»Das hängt von der Form der Lehmschichten ab – an manchen Stellen mögen es nur fünf oder sechs Meter sein.« Murphys Stimme klang mechanisch und schien aus weiter Ferne zu kommen. »Haben Sie die Füße gesehen? Füße wie bei einem Vogel – einer Ente.«

Snook richtete den Lichtstrahl direkt auf Georges Augen, wollte ihn damit bewußt irritieren, damit er sich mit den Dingen auseinandersetzte.

»George, wenn das Wesen so weitersteigt, wird es nicht einmal zehn Minuten brauchen, um den nächsten Stollen zu erreichen. Sie sollten die Männer herausholen, bevor es auftaucht.«

Murphy bedeckte die Lampe mit der Hand.

»Ich habe nicht die Befugnis, die Männer herauszuholen.«

»Na gut – dann sehen Sie eben zu, wie sie von selbst das Weite suchen. Ich muß mich um die Kameras kümmern.«

»Es wird eine Panik geben«, sagte Murphy plötzlich. »Ich muß den Bergwerksdirektor anrufen. Oder sogar den Colonel.« Er knipste seine eigene Lampe an und suchte sich hastig einen Weg zwischen den Vakuumröhren.

»George«, rief ihm Snook nach, »das erste ist, daß die Männer die Magniluct-Brillen abnehmen und den Stollen bei normalem Licht verlassen sollen. Dann sehen sie nichts Ungewöhnliches.«

»Ich versuche es.«

Murphy verschwand hinter einer Biegung, und Snook montierte seine Kameras ab. Er beeilte sich, in der Hoffnung, dem Gespenst in einem höheren Stollen noch einmal zu begegnen, aber er fror, und seine Finger wollten nicht richtig gehorchen. Minuten vergingen, bis er die Kameras und die Zusatzgeräte in einem Karton verstaut, den kleinen Tisch zusammengeklappt und sich in Richtung Hauptschacht auf den Weg gemacht hatte. Er hatte eben den Paternoster erreicht, als die ersten Panikrufe von oben herunterhallten.

Die elektrische Beleuchtung war oben besser, aber Snook sah sich durch seine Bürde erheblich behindert und verlor beinahe den Halt, als er eine der emporschwebenden Kabinen betreten wollte. Er lehnte sich an eine Drahtmaschenwand und machte sich bereit, am Stollen Sieben C auszusteigen. In den wenigen Sekunden, bis er den nächsten Stollen erreichte, wurde das Geschrei lauter, und als Snook den Käfig verließ, verstellten ihm drei Männer den Weg, die hineinwollten. Bis Snook sich hinausgezwängt hatte, war die Kabine mehr als einen Meter nach oben geschwebt, und er landete mit hartem Aufprall auf dem Felsboden, wobei er den Tisch fallenließ.

Andere Bergarbeiter, die meisten mit Magniluct-Brillen vor den Augen, waren aus dem Südstollen gestürmt und drängten sich bereits in den nachfolgenden Korb. Snook hörte den leichten Tisch unter ihren Stiefeln zerbrechen.

Er preßte den Karton mit der fotografischen Ausrüstung an sich und stemmte sich dem Strom entsetzter Männer entgegen, bis er eine freie Stelle am Eingang eines Stollens erreicht hatte, in dem nicht gearbeitet wurde. Keuchend tastete er in der Tasche nach seiner Magniluct-Brille und setzte sie auf. Seine Umgebung wurde sofort hell, und er sah, daß er und die anderen Männer bis zu den Hüften in einem Lichtteich standen. Snook hielt ihn für eine Art Boden, auf dem der geisterhafte Besucher stand, und der Anblick bestätigte, was er dem Verhalten der Bergarbeiter bereits entnehmen konnte – daß das Wesen zur Sohle 7 vorgedrungen war.

»Brillen abnehmen«, schrie er den Männern zu, die sich um den Aufzug drängten, aber seine Stimme ging im allgemeinen Gebrüll und Gestöhne unter. Snook blieb mit dem Rücken zur Wand stehen und wartete darauf, daß der Aufzug die Bergarbeiter zur Oberfläche hinauftrug, als ihm an der gespenstischen Erscheinung etwas Neues auffiel. Die Ebene blauen Lichts, der Phantomboden, sank zurück zur Gesteinsoberfläche. Sie verschmolzen miteinander, und zufällig hörte im selben Augenblick der Auszug der Bergarbeiter auf.

Snook hetzte in den Stollen, der gleich dahinter ganz scharf nach Westen abbog. Er lief um die erste Biegung, rannte ein gerades Stück entlang und erreichte eine zweite Biegung. Hinter ihr kam er stolpernd zum Stehen.

Hier waren mindestens zehn der leuchtenden Gestalten sichtbar. Alle sanken mit merklicher Geschwindigkeit in den Boden, aber diese hier bewegten sich auch seitwärts. Sie schritten in einer seltsamen Truthahn-Gangart, manche paarweise, kamen aus einer Stollenwand heraus und verschwanden in der anderen. Die komplexen, durchsichtigen Gewänder flossen um die dünnen Beine, die Augen, zu hoch oben, rollten langsam, und die unfaßbar breiten Mundschlitze spitzten, bogen und formten sich zu stummen Sprachparodien.

Snook, vor Staunen gelähmt, hatte nie etwas derart Fremdartiges gesehen, fühlte sich aber zugleich an Schulbuchillustrationen von römischen Senatoren erinnert, die umherschlenderten und sich gelassen über Probleme des Weltreichs unterhielten. Er beobachtete sie während der wenigen Minuten, die es dauerte, bis die Gestalten im Boden versanken.

Als der letzte Lichtpunkt erlosch, war es, als sei eine Eisenklammer um seine Brust entfernt worden. Er atmete tief ein und kehrte um. Die kreisrunde Galerie war leer, als er zum Lift kam, und er konnte problemlos einen Korb besteigen. Auf Sohle 4 sprangen zwei junge Arbeiter – einer davon lernte bei Snook Englisch – mit hinein. Sie schauten einander an und lächelten nervös.

»Was sein passieren, Mister Snook?« fragte der Junge aus Snooks Klasse. »Einer sagen, wir uns oben alle versammeln. Andere ganz *pesi* geworden.«

»Passiert ist nichts«, erwiderte Snook ruhig. »Ein paar Leute haben Dinge gesehen, das ist alles.«

Als er aus dem Aufzug in eine helle Morgenwelt aus Sonnenschein, Farbe und Wärme trat, empfand er ein starkes Gefühl der Beruhigung. Das Leben ging offenbar ganz normal weiter, ohne Rücksicht darauf, welche Schrecken unter der Erde lauerten. Snook brauchte einige Sekunden, um zu erkennen, daß sich rund um den Zecheneingang eine gespannte und ungewöhnliche Situation zusammenbraute. An die zweihundert Männer hatten sich vor dem Abfertigungsgebäude versammelt, von den Stufen aus redete Alain Cartier in einem wütenden Gemisch aus Englisch und Kisuaheli auf sie ein, nicht ohne ab und zu ein Schimpfwort in seiner Muttersprache einzuflechten. Ein Teil der Arbeiter achtete auf Cartier, andere diskutierten mit den Aufsehern. Die Direktion machte klar, daß die Bergarbeiter die Pflicht hatten, ohne Umschweife wieder an die Arbeit zurückzukehren, während jene, wie Snook und Murphy es vorausgesagt hatten, sich weigerten, wieder einzufahren.

»Gil!« rief Murphy in der Nähe. »Wo sind Sie gewesen?«

»Ich habe mir unsere durchsichtigen Besucher noch einmal angesehen.« Snook sah den Aufseher an. »Warum?«

»Der Colonel will Sie sprechen, und zwar sofort. Gehen wir, Gil.« Murphys Ungeduld war unverkennbar, und Snook wurde wütend.

»Lassen Sie sich von Freeborn nicht ins Bockshorn jagen, George«, sagte er ruhig.

»Der Colonel hat in Kisumu schon Truppen angefordert – ich habe ihn über Funk gehört.«

»Und Sie glauben, die würden auf ihre eigenen Leute schießen?«

Murphy starrte ihm ins Gesicht.

»In Kisumu ist das Leoparden-Regiment stationiert! Die Soldaten würden ihre eigenen Mütter massakrieren, wenn der Colonel es anordnen würde.«

»Verstehe. Und was soll ich tun?«

»Sie müssen Colonel Freeborn einreden, daß Sie die Ruhe wiederherstellen und die Männer an die Arbeit bringen können.«

Snook lachte ungläubig.

»George, Sie haben das Ding da unten so gut gesehen wie ich. Es war wirklich da. Niemand kann diesen Leuten einreden, es sei nicht vorhanden.«

»Ich will nicht, daß einer von ihnen sterben muß, Gil. Es muß einen Weg geben.«

»Ich habe eine Idee, die ich dem Colonel vorbringen kann«, sagte Snook nach einer Pause. »Vielleicht hört er sie sich an.«

»Gehen wir.« Murphys Miene verriet seine Dankbarkeit. »Er wartet in seinem Büro.«

»Na gut.« Snook ging ein paar Schritte neben dem Aufseher her, dann blieb er stehen und preßte die Hände auf den Unterleib. »Die Blase«, flüsterte er. »Wo ist das Klosett?«

»Das hat Zeit.«

»Hören Sie, George, ich bin kein guter Diplomat, wenn ich in die Hose pinkle.«

Murphy deutete auf einen niedrigen Bau mit Blumenkästen.

»Da, die Aufseher-Toiletten. Erste Tür links. Geben Sie mir einstweilen die Kameras.«

»Es geht schon.« Snook ging schnell zu dem Gebäude und fand die Toiletten zum Glück leer. Er sperrte sich in einer Kabine ein, stellte den Karton auf den Deckel, griff nach der Kamera mit Magniluct-Filter und nahm die Spule mit dem Selbstentwicklerfilm heraus. Ein schneller Blick zeigte, daß die improvisierte Technik erfolgreich gewesen war – es gab erstaunlich scharfe Bilder von der ersten Erscheinung. Er steckte die Rolle ein. So schnell er konnte, legte er einen neuen Film ein, preßte die Hand auf das Objektiv, um jeden Lichteinfall zu verhindern, und drückte zwölfmal auf den Auslöser. Er legte die Kamera wieder in die Schachtel, betätigte die Spülung und ging hinaus zu Murphy.

»Das hat aber lange gedauert«, murrte Murphy.

»So etwas kann man nicht beschleunigen.« Snook gab dem Aufseher den Karton. »Also, auf zu Freeborn.«

Murphy führte ihn zu einem Bau, der durch Oleanderbüsche halb verdeckt war. Sie betraten einen Vorraum, wo Murphy leise mit einem Sergeanten sprach, dann wurden sie in einen größeren Raum geführt, der durch Wandkarten ein militärisches Aussehen gewann. Colonel Freeborn sah genauso aus, wie Snook ihn in Erinnerung hatte – hochgewachsen, schlank, hart wie poliertes Teakholz, aus dem er gehauen zu sein schien. Die Vertiefung in seinem rasierten Schädel glänzte. Er blickte von seinen Papieren auf und sah Snook mit scharfen braunen Augen an.

»Also«, knurrte er, »was haben Sie gefunden?«

»Auch Ihnen einen schönen Morgen«, sagte Snook. »Geht es Ihnen gut?«

Freeborn seufzte müde.

»Ah ja, ich erinnere mich an Sie. Der Luftfahrtingenieur mit Grundsätzen.«

»Grundsätze sind mir nicht so wichtig – ich lasse mich nur ungern zwingen.«

»Wenn Sie sich erinnern, war es Ihr Freund Charlton, der Sie nach Barandi gebracht hat. Ich habe Ihnen nur eine Stellung angeboten.«

»Und mich nicht gehen lassen.«

»Leuten, die illegal ins Land kommen, geht es oft schlimmer.«

»Zweifellos.« Snook blickte auf den Stock mit dem goldenen Knauf, der auf dem Schreibtisch lag.

Freeborn stand auf und trat ans Fenster.

»Man hat mir mitgeteilt, daß Sie bei den Arbeitskräften hier wertvolle Ausbildungsdienste geleistet haben«, sagte er ruhig. »Es ist sehr wichtig, daß diese Arbeit fortgesetzt wird. Vor allem sollte man ihnen klarmachen, daß es keine Gespenster gibt. Primitive Ansichten können schädlich sein – wenn Sie verstehen, was ich meine.«

»Ich verstehe Sie. Aber leider kann ich nichts dagegen tun.«

»Was heißt das?«

»Ich bin eben unten gewesen. Die Gespenster gibt es – ich habe sie gesehen.«

Freeborn fuhr herum und richtete den Zeigefinger auf Snook.

»Riskieren Sie es nicht, Snook. Versuchen Sie nicht, den Schlauen spielen zu wollen.«

»Keine Spur. Sie können sie selbst sehen.«

»Genau! Das würde mich sehr interessieren.« Freeborn griff nach seinem Stock. »Bringen Sie mich zu den Gespenstern.«

Snook räusperte sich.

»Der Haken dabei ist, daß sie nur kurz vor der Morgendämmerung auftauchen. Ich weiß nicht, weshalb, aber um die Zeit der Dämmerung schweben sie in den untersten Sohlen empor und wieder hinab. Sie scheinen aber jeden Tag höher zu kommen.«

»Sie können mir diese Gespenster also nicht zeigen?« Freeborn lächelte schwach.

»Nicht jetzt, aber morgen früh werden sie vermutlich wieder erscheinen – das scheint ihre Regel zu sein. Und Sie müßten eine Magniluct-Brille tragen.«

Snook war sich bewußt, wie unglaublich seine Geschichte klang, als er beschrieb, was er im Bergwerk gesehen und getan hatte. Murphy bestätigte seine Angaben.

»Ich glaube kein Wort«, sagte Freeborn schließlich, »aber die vielen Indizien gefallen mir. Sie sagen, diese Ausflügler vom Hades seien nur durch Schwachlicht-Gläser sichtbar?«

»Ja – und das ist auch die Lösung für Ihr ganzes Problem. Erteilen Sie Anweisung, daß sämtliche Magniluct-Brillen abzuliefern sind, dann wird man keine Gespenster mehr sehen.«

»Aber wie sollen die Leute bei der Arbeit etwas sehen?«

»Sie müßten überall Beleuchtung einrichten lassen, wie vor der Erfindung der Magniluct-Gläser. Das käme teuer – aber immer noch viel billiger, als das Bergwerk zu schließen.«

Freeborn hob zerstreut den Stock, und der goldene Knauf fügte sich genau in die Vertiefung in seinem Schädel.

»Ich habe Neuigkeiten für Sie, Snook. Es besteht nicht die geringste Aussicht, daß das Bergwerk geschlossen wird, aber die Geschichte, die Sie sich da ausgedacht haben, fasziniert mich immer noch. Nun zu den Kameras – Sie sind wohl nicht auf den Gedanken gekommen, Selbstentwicklerfilme zu nehmen?«

»Doch.«

»Machen Sie sie auf und zeigen Sie mir, was Sie haben.«

»Gern.« Snook begann die Kameras zu öffnen und die Filme herauszunehmen. »Beim polarisierten oder Infrarot-Licht verspreche ich mir nicht viel, aber bei der mit dem Magniluct-Filter müßte etwas herausgekommen sein, wenn wir Glück haben.« Snook entrollte den bewußten Film, hielt ihn gegen das Licht und schnalzte enttäuscht mit der Zunge. »Sieht nicht so aus, als wäre hier etwas zu sehen.«

Freeborn tippte Murphy mit dem Stock auf die Schulter.

»Sie sind ein brauchbarer Mann, Murphy«, sagte er gleichmütig, »und deshalb werde ich Sie nicht dafür bestrafen lassen, daß Sie mir heute die Zeit gestohlen haben. Schaffen Sie diesen Irren und seine Kameras hinaus und bringen Sie ihn nie mehr in meine Nähe. Verstanden?«

»Ich habe da unten auch etwas gesehen«, sagte Murphy entschlossen, wenn auch ängstlich.

Freeborn schwang den Stock. Der schwere Knauf legte nur eine kurze Strecke zurück, als er aber Murphys Hand traf, klang das, als zerbreche man einen trockenen Zweig. Murphy sog den Atem scharf ein und biß sich auf die Unterlippe. Er blickte nicht auf seine Hand.

»Wegtreten«, sagte Freeborn. »Und von jetzt an wird jeder, der zu der hier herrschenden Massenhysterie beiträgt, als Landesverräter behandelt. Sie wissen, was das bedeutet.«

Murphy nickte, drehte sich schnell um und ging zur Tür. Snook erreichte sie vor ihm, öffnete sie und ging mit hinaus. Die Bergarbeiterversammlung war noch immer im Gange und noch lärmender als vorher. Murphy hob die rechte Hand, und Snook sah, daß sie schon anschwoll.

»Kümmern Sie sich lieber darum«, sagte er. »Ich glaube, da ist etwas gebrochen.«

»Ich weiß, daß etwas gebrochen ist, aber das hat Zeit.« Murphy griff mit der gesunden Hand nach Snooks Schulter und hielt ihn fest. »Was hatte das alles zu bedeuten? Ich dachte, Sie hätten eine Idee.«

»Ich habe es versucht. Volle Beleuchtung im Bergwerk – keine Magniluct-Gläser – keine Gespenster.«

»Ist das alles?« sagte Murphy enttäuscht. »Ich dachte, Sie wollten ihm beweisen, daß die Gespenster echt sind. Sie und Ihr verdammter Zauberkasten!«

Snook überlegte.

»Hören Sie, George.« Er preßte die Hand auf die Filmspule in seiner Tasche. »Als ich vorhin auf die Toilette ging, habe ich diesen Film hier herausgenommen und einen neuen eingelegt. Auf dem hier sieht man unsere Gespenster.«

»Was?« Murphy umklammerte Snooks Schulter fester. »Das ist doch genau das, was wir brauchen! Warum haben Sie das dem Colonel nicht gezeigt?«

»Beruhigen Sie sich.« Snook löste sich aus dem Griff. »Sie verderben alles, wenn Sie sich so aufführen. Vertrauen Sie mir, ja?«

»Und was soll nun werden?« Murphys Gesicht war starr vor Zorn.

»Die Situation muß sich erst ändern. Das ist unsere einzige Hoffnung. Im Augenblick ist Freeborn obenauf, weil das hier sein kleines Privatuniversum ist, wo er ein Massaker befehlen kann, wenn er will, ohne zur Rechenschaft gezogen zu werden. Wenn er den Beweis für die Existenz der Gespenster gesehen hätte, wäre er selbst zwar unterdrückt worden, aber uns hätte er zuvor beseitigt.

Sie haben gesehen, wie er sich für die Kameras interessierte. Er glaubte nicht, was wir ihm erzählten – aber die Filme wollte er sehen, für alle Fälle. Leuten wie Freeborn ist es recht, wenn alles so bleibt, wie es ist, damit niemand in der Außenwelt sich um Barandi oder das, was dort geschieht, kümmert.«

»Was können Sie dagegen tun?« fragte Murphy.

»Wenn ich mit diesem Film den Mann der Press Association in Kisumu erreichen kann, verspreche ich Ihnen, daß schon morgen die ganze Welt Freeborn über die Schulter schaut. Er wird seine Leoparden zurückrufen müssen – und dann besteht eine Chance, festzustellen, was unsere Gespenster in Wirklichkeit sind.«

5

Der Tag begann schon schiefzugehen, als Boyce Ambrose noch frühstückte.

Jody Ferrier, seine Verlobte, war das Wochenende über im Haus seiner Familie bei Charleston geblieben, was ihn freute, allerdings hatten sie wegen des berühmten Puritanismus seiner Mutter getrennte Schlafzimmer benützen müssen. Ambrose war zwar zwei Tage und drei Nächte abstinent gewesen, was ihn nicht weiter störte, hatte dabei aber etwas Alarmierendes bemerkt.

Jody Ferrier – das Mädchen, das er heiraten wollte – redete sehr viel. Nicht nur das: Alle Themen, mit denen sie sich befaßte, interessierten ihn nicht im mindesten. Außerdem war sie von ihnen unter keinen Umständen abzubringen.

Bis Sonntagabend steigerten sich seine Bedenken so, daß er mürrisch und schweigsam wurde. Er war früh zu Bett gegangen und hatte am Morgen festgestellt, daß er sich tatsächlich auf seine Arbeit im Planetarium freute. Jody war jedoch nicht nur reich und schön, sondern auch schlau, und in der Nacht schien sie erraten zu haben, was ihn bewegte. Beim Frühstück hatte sie jedenfalls zum erstenmal, seit sie sich kannten, behauptet, sie sei von einer brennenden Neugier auf alles erfüllt, was die Astronomie betreffe, und wolle deshalb den ganzen Tag im Planetarium verbringen.

Auf der Fahrt zum Planetarium schwieg er zunächst und hörte Radio, was Jody Gelegenheit gab, ihre kosmische Wahrnehmung unter Beweis zu stellen.

»Wenn man den Leuten nur klarmachen könnte, wie bedeutungslos die Erde ist«, sagte sie. »Wenn sie nur begreifen würden, daß sie nur ein Stäubchen im Universum ist, gäbe es weniger Krieg und Kampf, nicht wahr?«

»Ich weiß nicht«, sagte Ambrose. »Es könnte auch umgekehrt kommen.«

»Wie meinst du das, Liebling?«

»Wenn sie zu der Meinung kommen, die Erde sei unbedeutend, könnten sie sich sagen, dann spiele ohnehin alles keine Rolle, und anfangen, nur umso wilder zu rauben und zu vergewaltigen.«

»Oh, Boyce!« Jody lachte ungläubig. »Das ist nicht dein Ernst!«

»Doch. Manchmal mache ich mir Sorgen, ob die Vorführungen im Planetarium die Menschheit ermutigen könnten, sich selbst auszurotten.«

»Das ist Unsinn.« Jody schwieg ein paar Sekunden, und er achtete plötzlich wieder auf den Radiosprecher.

». . . behauptet, die Gespenster seien reale Wesen, die man nur mit Hilfe von Magniluct-Schwachlichtgläsern sehen könne. Die Diamantengrube befindet sich in Barandi, einer der kleinen afrikanischen Republiken, die noch nicht in die Vereinten Nationen aufgenommen worden sind. Real oder nicht, die Gespenster verursachten . . .«

»Ich habe dich dutzendmal sagen hören, die einzige Rechtfertigung für die Astronomie sei . . .«

»Laß mich das hören«, warf Ambrose ein.

». . . wissenschaftlicher Mitarbeiter sagt, Thorntons Planet, der im Frühling neunzehnhundertdreiundneunzig in unmittelbarer Nähe der Erde vorbeiflog, sei das einzige weitere Beispiel für . . .«

»Das ist auch ein Punkt: Deine Mutter sagt, deine Vorträge über Thorntons Planeten seien die besten gewesen . . .«

»Himmel noch mal, Jody, ich will das hören!«

»Schon gut! Du brauchst nicht gleich zu schreien.«

». . . neue Theorien über die Atomstruktur der Sonne. Südamerika. Der Streit zwischen Bolivien und Paraguay droht sich zum Krieg auszuweiten. Gestern nacht . . .« Ambrose schaltete das Gerät ab und konzentrierte sich auf die verschneite Straße.

Jody legte die Hand auf seinen Oberschenkel.

»Hör nur weiter zu – ich bin schon still.«

»Nein, sprich ruhig weiter – ich höre nicht mehr Radio. Entschuldige, Jody.«

»Bist du morgens immer schlecht gelaunt?«

»Nicht jeden Morgen. Der Haken bei einem Mode-Astronomen ist: Er wird nicht gerne daran erinnert, daß andere Leute richtige Arbeit leisten.«

»Ich verstehe dich nicht. Deine Arbeit ist doch wichtig.«

Er schüttelte den Kopf, freute sich aber über die Hand, die auf seinem Schenkel lag und sogar noch ein wenig höher glitt. Als er Jody seiner Sekretärin und Büroleiterin, May Tate, vorstellte, spürte er einen absurden Stolz.

Er ging in sein Arbeitszimmer, während sich die beiden Frauen unterhielten, und fand auf dem Schreibtisch ein Fak-Blatt, auf dem May eine der Meldungen angezeichnet hatte. Ambrose las den kurzen, ein wenig spöttischen Artikel über einen kanadischen Lehrer mit dem wenig eleganten Namen Gil Snook, der in eine Diamantengrube in Barandi eingefahren war und ein groteskes ›Gespenst‹ fotografiert hatte – und auf einmal wurde Ambrose übel. Das hatte mehrere Gründe. Andere erreichten etwas, selbst ohne akademische Qualifikation. Warum mußte ausgerechnet ein Mann wie Snook eine so wichtige Entdeckung machen?

Für Ambrose gab es keinen Zweifel, daß sie wichtig war, auch wenn man noch nicht sagen konnte, welche Bedeutung sie erlangen würde. Der Artikel enthielt zwei Punkte, die ihn nicht losließen; so zum Beispiel, daß die Gespenster kurz vor der Morgendämmerung sichtbar geworden waren. Ambrose kannte sich in Geographie aus und wußte deshalb, daß Barandi am Äquator lag. Als Astronom wußte er auch, daß die Erde einer riesigen Holzperle glich, die an dem unsichtbaren Draht ihrer Bahn entlangglitt. Der Draht trat nicht an immer derselben Stelle im Globus aus oder ein wie bei einer richtigen Perle – die beiden Punkte beschrieben in der heißen Zone der Erde einen Bogen auf und ab, während der Planet eine Tagesumdrehung um seine Achse vollendete. Und zu dieser Jahreszeit, Spätwinter in der nördlichen Halbkugel, mußte, wenn es in Barandi dämmerte und die Gespenster auftauchten, der ›vordere‹ Bahnschnittpunkt unsichtbar durch die winzige Republik gleiten. Alle Instinkte sagten Ambrose, daß es sich hier um keinen Zufall handeln konnte.

Die zweite Tatsache war, daß die Erscheinungen nur mit Hilfe von Magniluct-Gläsern sichtbar wurden, und nach Ambroses Meinung stellte das eine Verbindung mit dem Vorbeiflug von Thorntons Planeten vor drei Jahren her.

Er setzte sich erregt an den Schreibtisch. Zum erstenmal in seinem Leben begegnete Dr. Boyce Ambrose dem Phänomen der Inspiration. Als er den Kopf wieder hob, wußte er genau, warum die Erscheinungen in den unteren Sohlen des barandischen Bergwerks aufgetaucht waren.

Eine Minute später kam Jody Ferrier herein und sah Ambrose leichenblaß und frierend am Schreibtisch sitzen.

»Boyce, Liebling!« sagte sie erschrocken. »Ist etwas mit dir?«

Er sah sie nachdenklich an.

»Mir fehlt nichts, Jo«, sagte er langsam. »Die Sache ist nur die . . . Ich glaube, ich muß nach Afrika.«

Die Reise nach Barandi war für Ambrose schwierig, selbst mit seinem Geld und den weitreichenden Familienbeziehungen.

Am Ende mußte er mit einer überfüllten Überschallmaschine nach Dar-es-Salaam fliegen und dort sieben Stunden auf einen Platz in einer alten Turbopropmaschine warten. Sie brachte ihn nach Matsa in der Republik gleichen Namens, Barandis Nachbar im Westen. Nun wartete er am Flugplatz auf eine Maschine nach Kisumu und begann daran zu zweifeln, ob es klug gewesen war, diese Reise überhaupt anzutreten. Die meisten Wartenden schienen Journalisten oder Fotografen zu sein, die offenbar von demselben Magneten nach Barandi gezogen wurden.

Er hatte sich eine Zigarette angezündet und schlenderte einsam im Kreis herum, als ihm ein hochgewachsenes, blondes Mädchen auffiel, das mit weißer Bluse und grünem Rock kühl und gelassen wirkte. Ambrose starrte sie geraume Zeit an. Als sie eine Zigarette herauszog, die Lippen spitzte und vergeblich in ihrer Handtasche kramte, ging Ambrose auf sie zu und bot ihr Feuer an.

»In alten Fernsehfilmen habe ich das so oft gesehen, daß ich mir jetzt ganz verlegen vorkomme«, meinte er.

Sie sah ihn mit ruhigen, grauen Augen an und lächelte.

»Sie machen das aber sehr gut. Und ich brauchte unbedingt eine Zigarette.« Sie sprach mit englischem Akzent. Gebildete Engländerin, dachte Ambrose.

»Das Gefühl kenne ich«, sagte er ermutigt. »Mich bedrückt das Warten auf Flughäfen.«

»Ich erlebe das so oft, daß ich es nicht mehr wahrnehme.«

»So?« Er sah sie erstaunt an. Sie lachte fröhlich.

»Entschuldigen Sie«, sagte sie, »aber Sie haben ein so verblüfftes Gesicht gemacht. Vielleicht möchten Sie, daß jeder ein Schildchen trägt, auf dem sein Beruf steht.«

»Verzeihung, ich–« Ambrose wollte sich abwenden, aber sie berührte ihn am Arm.

»Ich habe sogar ein Schildchen, wissen Sie. Eigentlich eine Marke, aber ich trage sie nie.« Ihre Stimme klang herzlicher. »Ich arbeite für die UNESCO.«

Ambrose lächelte sie an.

»Das mit der Marke hört sich so an, als wären Sie eine Art Ermittlerin.«

»Das könnte man fast sagen. Warum fliegen Sie nach Barandi?«

»Ich bin auch Ermittler. Auf wissenschaftlichem Gebiet.«

»Interessant! Sind Sie auf Gespensterjagd?« Das völlige Fehlen von Spott erinnerte Ambrose an den ungläubigen Hohn, den er von Jody und seiner Mutter geerntet hatte, als er seine Reisepläne bekanntgegeben hatte. Er sah das Mädchen erfreut an und nickte.

»Aber im Augenblick bin ich nur auf der Jagd nach einem kühlen Trunk. Und Sie?«

»Gern.« Sie lächelte ihn an, und er begleitete sie zur Bar.

Bei Campari-Soda erfuhr er, daß sie Prudence Devonald hieß. Sie war in London geboren, hatte in Oxford Volkswirtschaft studiert, war mit ihrem Vater, der im Außenministerium arbeitete, viel gereist und hatte sich vor drei Jahren der UNESCO angeschlossen. Zur Zeit arbeitete sie bei der Wirtschaftskommission für Afrika und prüfte, ob die zur Verfügung gestellten Gelder auch richtig angewendet wurden. In Prudences Büro hatte man mit Erstaunen erfahren, daß ein Mann namens Gil Snook, der keine Ausbildung zum Lehrer besaß und in den Diebstahl einer Militärmaschine in einem anderen Land verwickelt gewesen war, anscheinend eine Bergwerksschule leitete. Die Sache war delikater Natur, weil aus verschiedenen Richtungen Druck ausgeübt worden war, Zuwendungen an Barandi einzufrieren. Sie hatte den Auftrag, die Lage zu klären und einen vertraulichen Bericht zu erstellen.

»Eine ziemlich große Verantwortung für jemanden in Ihrem Alter«, meinte Ambrose. »Sind Sie vielleicht insgeheim eine hartgesottene Frau?«

»Daran ist gar nichts geheim.« Sie machte ein Robotergesicht. »Vielleicht sollten wir klarstellen, daß ich es war, die vorhin die Bekanntschaft mit Ihnen schließen wollte.«

Ambrose sah sie verwirrt an.

»Wirklich? Na schön, und warum?«

»Ich brauche einen männlichen Begleiter bis Barandi, damit ich diverse unerwünschte Leute abwimmeln kann, und habe mir Sie ausgesucht.« Sie trank und sah ihn über das Glas hinweg an.

»Danke.« Ambrose überdachte ihre Bemerkungen und fand ein Krümchen Trost. »Gut zu wissen, daß ich kein Unerwünschter bin.«

»Ach, Sie sind sehr erwünscht – viel mehr als ein gewöhnlicher Wissenschaftler.«

Ambrose kam sich vor wie ein Betrüger.

»Angenommen, es gibt so etwas wie einen gewöhnlichen Wissenschaftler – wie kommen Sie darauf, daß ich keiner bin?«

»Erstens hat Ihre Armbanduhr mindestens dreitausend Dollar gekostet. Soll ich weitersprechen?«

»Lassen Sie nur«, sagte er verblüfft. »Mich interessiert der Wert der Dinge, nicht ihr Preis.«

»Oscar Wilde.«

»Der Satz stammt von ihm?«

»In etwa. Er kommt in ›Lady Windermeres Fächer‹ vor.«

»Schade. Ich laufe seit Jahren herum und verkaufe das als Eigenprodukt.« Er lächelte schief. »Weiß der Himmel, wieviele Leute nun glauben, ich sei ein Halbgebildeter.«

»Keine Sorge, ich bin überzeugt, daß Sie eine Menge anderer Qualitäten haben.« Prudence beugte sich vor und berührte seinen Handrücken. »Mir gefällt Ihr Humor.«

Ambrose starrte sie scharf an. Er war interessiert, beeindruckt und angezogen von ihr, und aus diesem Grund störte es ihn besonders, daß sie seine Bekanntschaft gesucht hatte und nicht umgekehrt.

»Was würde passieren, wenn ich mich weigerte, Sie nach Barandi zu begleiten?« fragte er.

»Warum sollten Sie sich weigern?«

»Weil Sie mich nicht brauchen.«

»Aber ich habe Ihnen doch erklärt, daß ich Sie brauche – um Unerwünschte abzuwehren. Dazu braucht man einen Begleiter.«

»Ich weiß, aber . . .«

»Würden Sie unter gleichen Umständen irgendein anderes Mädchen sich selbst überlassen?«

»Nein, aber . . .«

»Warum dann mich?«

»Weil ich . . .« Ambrose schüttelte stumm den Kopf.

»Ich will Ihnen sagen, warum, Doktor Ambrose.« Prudences Stimme klang leise, aber fest. »Weil ich nicht das alte Spielchen mitspiele. Sie wissen, welches ich meine. Jedesmal, wenn ein hilfloses weibliches Wesen Höflichkeitsdienste von einem galanten Mann annimmt, ergibt sich die Andeutung, auch wenn sie selten ernstgenommen wird, daß sie sich, wenn alles gut läuft, revanchiert und ihm zur Verfügung steht. Ich mag Sie, und es ist möglich, daß wir miteinander ins Bett gehen würden, wenn wir lange genug in

Barandi wären und Sie besonderen Wert darauf legten – aber dann nicht deshalb, weil Sie mir eine Tür geöffnet oder meinen Koffer getragen haben. Drücke ich mich verständlich aus?«

»Völlig.« Ambrose trank einen großen Schluck. Er räusperte sich und betrachtete die gleißende Landschaft. »Schönes Wetter haben wir, nicht?«

»Das ist nicht fair.« Prudence zog eine Zigarette heraus und ließ sich Feuer geben. »Erzählen Sie mir, was Sie wegen diesen Gespenstern unternehmen wollen. Haben Sie vor, sie auszutreiben?«

»Das geht in diesem Fall nicht«, sagte Ambrose nüchtern.

»Nein? Haben Sie denn eine Theorie?«

»Ja, und ich bin hier, um sie zu überprüfen.«

Prudence schauderte erregt, was Ambrose wohltat.

»Erklärt sie, warum man die Erscheinungen nur mit diesen Spezialgläsern sehen kann? Und warum sie immer wieder auftauchen und hinabsinken?«

»Sie haben aber gut aufgepaßt bei den Berichten.«

»Natürlich! Kommen Sie – spannen Sie mich nicht auf die Folter.«

Ambrose kühlte die Finger am kalten Glas.

»Das ist ein bißchen schwierig. Sie wissen, daß ein Maler ein Gemälde nicht herzeigen will, bevor es fertig ist. Wissenschaftlern geht es bei ihren Lieblingstheorien genauso.«

»Das kann ich verstehen. Ich höre mir das dann gerne im Radio an.«

»Ach was«, sagte Ambrose. »Was spielt das schon für eine Rolle? Ich weiß, daß ich recht habe. Es ist ein bißchen kompliziert, aber ich erkläre es Ihnen, wenn Sie wollen.«

»Bitte.« Prudence beugte sich auf dem Stuhl vor, bis ihre Knie die von Ambrose berührten.

»Sie erinnern sich doch an Thorntons Planeten, der vor etwa drei Jahren an der Erde vorbeigeflogen ist, nicht?«

»Ich erinnere mich an die Unruhen – ich war damals in Ekuador.«

»Daran erinnern sich alle, aber die Physiker können sich nicht mit der Tatsache abfinden, daß Thorntons Planet von der Sonne eingefangen wurde. Er besteht aus Anti-Neutrino-Materie und hätte deshalb das Sonnensystem in gerader Linie durchfliegen müssen, um nie mehr gesehen zu werden. Man versucht noch immer eine Erklärung zu finden. Die einfachste wäre, daß sich in unserer Sonne noch eine zweite befindet, die aus derselben Materie besteht wie Thorntons Planet. Eine Anti-Neutrino-Sonne in unserer hadronischen Sonne.«

Prudence runzelte die Stirn.

»Das klingt so, als behaupteten sie, zwei Dinge könnten sich zur selben Zeit an ein und demselben Ort befinden. Gibt es das?«

»In der Atomphysik schon. Wenn auf einer Wiese eine Schafherde weidet, hindert Sie das, eine Kuhherde hineinzutreiben?«

»Bitte, ohne Witze.«

»Verzeihung – man weiß nie, wie weit man mit Vergleichen gehen kann. Ich meine damit, wenn sich in unserer Sonne eine Anti-Neutrino-Sonne befindet, könnte sich ebenso ein Anti-Neutrino-Planet in der Erde befinden. Wo sind da die Witze?«

»Ist das Ihr Ernst?«

»Unbedingt. Er ist etwas kleiner als die Erde, und das ist der Grund, warum wir von dieser Innenwelt nichts wissen konnten, selbst wenn man Magniluct viel früher erfunden hätte. Seine Oberfläche läge normalerweise viele Kilometer unter unserem Boden.«

»Und diese Innenwelt ist von Gespenstern bewohnt.«

»Nun, ›Gespenster‹ ist ein unwissenschaftliches Wort, aber im Prinzip stimmt es. Für die Bewohner dieser Welt wären wir Gespenster. Der große Unterschied liegt darin, daß wir, weil die Erde größer ist, ihre Stratosphäre bewohnen – es spricht also kaum etwas dafür, daß sie uns je entdeckt hätten.«

»Was ist dann geschehen? Hatte es etwas zu tun mit ...?«

Ambrose nickte.

»Thorntons Planet besteht aus demselben Stoff wie unsere Innenwelt und mußte deshalb eine starke Wirkung auf sie ausüben. Stark genug, um sie in ihrer Bahn zu beeinflussen. Deshalb ist die Innenwelt durch die Oberfläche der Erde heraufgedrungen – die beiden Welten trennen sich immer mehr voneinander.« Er blickte an Prudences sinnendem Gesicht vorbei und sah ein Flugzeug zur Landung ansetzen. »Ich glaube, das ist unsere Maschine.«

»Es eilt nicht – außerdem haben Sie mir noch nicht alles erzählt.« Prudence betrachtete ihn mit, wie es schien, offenkundiger Bewunderung.

»Interessieren Sie sich für Astronomie?« fragte er.

»Sehr sogar.«

Er grinste.

»Sagen Sie öfter ›Lichtjahre in der Zukunft‹?«

Prudence seufzte nachsichtig.

»Ist das Ihr persönliches *pons asinorum*?«

»Ja. Es tut mir leid, wenn ich–«

»Sie brauchen sich nicht zu entschuldigen, Doktor. Genügt es, wenn ich sage, daß ein Lichtjahr ein Maßstab für Entfernung ist, oder muß ich es in Meter umrechnen?«

»Was wollten Sie noch wissen?«

»Alles«, sagte Prudence. »Wenn, wie Sie sagen, eine Innenwelt aus der Erde herauskommt, warum steigen die Gespenster dann herauf, bis man sie sehen kann, und sinken wieder hinunter?«

»Ich hatte gehofft, daß Sie mich das nicht fragen würden.«

»Warum? Schadet das Ihrer Theorie?«

»Nein, aber ohne Zeichnungen ist das schwer zu erklären. Wenn Sie einen Kreis zeichnen, darin einen zweiten, und zwar etwas abseits des Mittelpunkts, so daß sie sich an der linken Seite berühren, dann haben Sie eine Vorstellung davon, wie die beiden Welten im Augenblick zueinander stehen.«

»Das hört sich einfach genug an.«

»Aber nur deshalb, weil Ihre Zeichnung starr ist. Die Erde dreht sich aber jeden Tag einmal um ihre Achse – und die Innenwelt anscheinend auch – so daß Ihre beiden Kreise rotieren müßten. Wenn Sie einen Punkt dort anbringen, wo sie sich berühren, und beide Kreise rotieren lassen, werden Sie sehen, daß der Punkt am Innenkreis unter den entsprechenden am Außenkreis sinkt. Bis Sie beide Kreise halb herumgedreht haben, wird der Innenpunkt bis zur Maximalentfernung unter den Außenpunkt gesunken sein, und wenn Sie weiterdrehen, nähern sie sich wieder. Deshalb sind die Gespenster immer nur zur Zeit der Morgendämmerung gesichtet worden – es dauert vierundzwanzig Stunden, bis die beiden Punkte sich wieder decken.«

»Ich verstehe«, sagte Prudence, staunend wie ein kleines Kind.

»Sie müssen Ihre Kreise aber nicht nur drehen, sondern den Innenkreis auch noch nach links verschieben. Das heißt, daß Ihr Innenpunkt, statt einmal täglich mit dem anderen zur Deckung zu gelangen, immer weiter über den Außenpunkt hinausgerät.«

»Wunderbar«, hauchte Prudence. »Es paßt alles zusammen.«

»Ich weiß.« Wieder verspürte Ambrose Befriedigung.

»Sind Sie mit dieser Theorie der erste?«

Ambrose lachte.

»Bevor ich abgereist bin, habe ich ein paar Briefe geschrieben und meinen Urheberanspruch angemeldet, aber sie wird bald Allgemeingut sein. Die Gespenster werden sich nämlich ausbreiten, wissen Sie. Bald wird man sie auf der Oberfläche sehen und nicht mehr in eine Grube einfahren müssen, und der Kreis wird sich erweitern. Zuerst werden die Sichtungen auf Äquatorialgegend beschränkt sein, Gegenden wie Borneo und Peru, dann breiten sie sich durch die tropischen Zonen nach Norden und Süden in die gemäßigten Zonen aus.«

»Das wird aber einige Aufregung geben«, sagte Prudence nachdenklich.

»Sie sind eine Meisterin auf dem Gebiet der Untertreibung«, meinte Ambrose und leerte sein Glas.

6

Snooks Telefon begann zu läuten, und gleichzeitig hämmerte jemand an die Tür seines Bungalows.

Er ging ans Wohnzimmerfenster, schob zwei Jalousienlamellen auseinander und schaute hinaus. Drei schwarze Soldaten standen auf der Veranda – ein Leutnant, ein Unteroffizier und ein Gefreiter –, alle mit den gefleckten Käppis des Leoparden-Regiments. Unteroffizier und Gefreiter hatten die unvermeidlichen Maschinenpistolen über der Schulter. Der Leutnant hämmerte wieder an die Tür und trat zurück.

»Augenblick«, rief Snook, als er zum Telefon ging, den Hörer abnahm und seinen Namen nannte.

»Hier Doktor Boyce Ambrose«, sagte der Anrufer. »Ich bin eben aus den Staaten in Barandi eingetroffen. Hat sich meine Sekretärin mit Ihnen in Verbindung gesetzt?«

»Nein. Hier klappt es mit den internationalen Verbindungen nicht so recht.«

»Ach – na ja, Sie werden sich denken können, was mich nach Barandi geführt hat, Mr. Snook. Darf ich zum Bergwerk kommen und mit Ihnen sprechen? Ich bin sehr–« Ambroses Stimme ging im Lärm des Hämmerns an der Tür unter. Es klang so, als gebrauche man einen Gewehrkolben, und Snook vermutete, daß man als nächstes die Tür aufbrechen würde.

»Sind Sie in Kisumu?« sagte er in die Muschel.

»Ja.«

»Im ›Commodore‹?«

»Ja.«

»Bleiben Sie da; ich versuche, Sie zu erreichen – ich habe Besuch an der Tür.« Snook hörte Protestworte, als er auflegte, aber in erster Linie ging es ihm um die ungeduldige Gruppe an seiner Haustür. Er hatte eine Reaktion auf sein Vorgehen von Colonel Freeborn erwartet, und es mußte sich zeigen, wie heftig der Sturm ausfallen würde. Er hastete zur Tür und riß sie auf.

»Gilbert Snook?« Der Leutnant war ein hochmütiger junger Mann mit zornigem Blick.

»Ja.«

»Sie brauchen aber lange, um an die Tür zu kommen.«

»Sie haben aber auch lange geklopft«, sagte Snook mit der verschlagenen Art, sich dumm zu stellen, die er seit Jahren übte, und von der er wußte, daß sie Amtsträger ärgerte, vor allem dann, wenn ihre Muttersprache nicht das Englische war.

»Das ist nicht die ...« Der Leutnant verstummte, als er die Gefahr erkannte, die Diskussionen dieser Art in sich bargen. »Kommen Sie mit.«

»Wohin?«

»Das brauche ich nicht mitzuteilen.«

Snook lächelte wie ein Lehrer, der sich vom mangelnden Begriffsvermögen eines Kindes enttäuscht sieht. »Ich bestehe aber darauf.«

Der Leutnant sah seine beiden Untergebenen an, und seine Miene verriet, daß er zu einer schweren Entscheidung gelangte.

»Mein Befehl lautet, Sie nach Kisumu zu Präsident Ogilvie zu bringen«, sagte er schließlich. »Wir müssen sofort fahren.«

»Das hätten Sie mir auch gleich sagen können«, meinte Snook in vorwurfsvollem Ton. Er nahm eine leichte Jacke vom Haken, trat hinaus und schloß die Tür hinter sich. Sie gingen zu einem Jeep mit Segeltuchdach; Snook durfte hinten beim Unteroffizier sitzen, und das Fahrzeug schoß sofort davon. Snook entdeckte beinahe im selben Augenblick zwei Land-Rover mit der grellen Aufschrift ›Pan-African News Services‹. Als sie am Zaun entlangfuhren, sah er mit Interesse, daß die vier Panzerfahrzeuge, die in der Nacht vorher am Zaun gestanden hatten, jetzt verschwunden waren. Durch die Gebäude der Grube liefen zahlreiche Männer, aber die Vakuumrohre, die nach Süden liefen, waren durchscheinend, statt vom Staub undurchsichtig, was anzeigte, daß unter der Erde nicht gefördert wurde.

Snook wußte, daß das Bergwerk niemals zuvor die Produktion auch nur für einen Tag eingestellt hatte, und er vermutete, daß sich irgendwo wirtschaftlicher Druck anstaute. Der Konflikt wurde zwischen den neuen und alten Afrikanern ausgetragen, zwischen modernem Ehrgeiz und alten Ängsten. Präsident Paul Ogilvie und Colonel Freeborn waren Männer gleichen Schlages, Abenteurer, deren Energie und Skrupellosigkeit es ihnen ermöglicht hatte, sich aus dem Kadaver Afrika ein gehöriges Stück herauszuschneiden. Vor allem Ogilvie propagierte die Ansicht, Barandi verfüge über eine Wirtschaft mit breiter Basis durch seine Exporte an Pyrethra und deren Extrakt, einem Insektenpulver, Kaffee, Sodaasche und einigen Elektronikteilen; aber es waren die Diamantenminen, die das Land hatten entstehen lassen und seinen Bestand garantierten. Snook konnte sich die wachsende Wut des Präsidenten angesichts der Schließung des nationalen Bergwerks Nr. 3 vorstellen.

Das Interessante dabei war jedoch, daß Ogilvie und Freeborn immer noch nicht ahnten, womit sie es zu tun hatten, daß sie nichts von der Entschlossenheit der Bergarbeiter wußten, nicht wieder unter Tag zu gehen. Es war eine Sache, die Gespenster als Erzeugnis einer Massenhysterie hinzustellen, ohne sie gesehen zu haben, und eine andere, Kilometer unter der Oberfläche in einem dunklen Stollen zu stehen und die stummen, leuchtenden Gestalten zu sehen, die mit ihren sich langsam drehenden Köpfen und bewegten Mündern dahinschlenderten.

Er schwieg während der ganzen holprigen Fahrt nach Kisumu und darüber hinaus zu dem neuen Komplex von Staatsbehörden, die sich über achtzig Hektar Parklandschaft ausbreiteten. Die kubistische Architektur wurde durch Inseln von Jakarandabäumen, Palmen und Kastanien aufgelockert und gemildert. Etwa im Mittelpunkt des Komplexes stand die Residenz des Präsidenten, umgeben von einem kleinen See, der genügend als Zierde wirkte, um die Tatsache zu verschleiern, daß er denselben Zweck erfüllte wie ein Burggraben. Der Jeep fuhr über eine Brücke, hielt am Haupteingang der Residenz, und kurze Zeit später wurde Snook in einen Raum mit hohen Fenstern, Holztäfelung und Muranoglas geführt. Präsident Ogilvie stand am Schreibtisch vor einem der Fenster. Er war ein Mann um die Fünfzig, mit schmalen Lippen und scharfen Zügen, so daß er für Snook wie ein Weißer aussah, der sich schwarz angemalt hatte. Er trug, wie immer, einen blauen Anzug, weißes Hemd mit steifem Kragen, eine schmale blaue Seidenkrawatte.

»Setzen Sie sich, Mr. Snook«, sagte Ogilvie mit trockener Stimme. »Colonel Freeborn kennen Sie schon, glaube ich.«

Snook drehte sich herum und sah Freeborn mit verschränkten Armen in einer dunklen Ecke stehen.

»Ja, den Colonel kenne ich«, sagte Snook und setzte sich.

Freeborn ließ die Arme sinken.

»Gebrauchen Sie die angemessene Anrede, wenn Sie mit dem Präsidenten sprechen.«

Ogilvie hob eine schmale Hand.

»Lassen Sie nur, Tommy, wir sind hier, um über geschäftliche Dinge zu sprechen. Also, Mr. Snook – Gilbert, nicht wahr? –, es wird Ihnen klar sein, daß wir es mit einem Problem zu tun haben. Mit einem sehr kostspieligen Problem.«

Snook nickte.

»Das ist mir klar.«

»Es gibt Leute, die Sie für verantwortlich halten.«

»Das bin ich nicht.« Snook warf einen kurzen Blick auf Freeborn. »Als ich vor ein paar Tagen mit den *manchen* Leuten sprach, habe ich ihnen einen guten Rat gegeben, wie man das Problem umgehen könnte. Sie waren nicht interessiert.«

»Wie lautete Ihr Rat?«

»Die Gespenster können nur mit Magniluct-Gläsern wahrgenommen werden. Nehmen Sie den Bergarbeitern die Brillen und installieren Sie ausreichende Beleuchtung – dann gibt es keine Gespenster mehr. Jetzt ist es natürlich zu spät.«

»Sie behaupten immer noch, daß es diese Gespenster wirklich gibt?«

»Herr Präsident, ich habe sie gesehen und fotografiert.«

»Das bringt mich zum nächsten Punkt.« Ogilvie griff nach einer dünnen Zigarre und setzte sich auf die Schreibtischkante. »Colonel Freeborn hat mir erklärt, Sie hätten den Film in seiner Gegenwart aus der Kamera genommen, und er habe nichts gezeigt. Wie erklären Sie das?«

»Das kann ich nicht«, sagte Snook schlicht. »Ich kann mir nur vorstellen, daß die Strahlung, durch die wir die Gespenster sehen, lange Zeit braucht, bis sie auf einem Negativ sichtbar wird.«

»Das ist Quatsch«, sagte Ogilvie ruhig und starrte Snook an.

»Ich verstehe nicht viel von diesen Dingen, aber seit aus den Staaten Wissenschaftler in Kisumu eingetroffen sind, werden wir vielleicht besser begreifen lernen, was vorgeht.«

»Haben Sie mit diesen Leuten schon gesprochen?«

»Ja – ich treffe später einen Doktor Ambrose.« Snook widerstand der Versuchung, hinzuzufügen, daß es Aufsehen erregen mußte, wenn er die Verabredung nicht einhielt. Er wußte, daß er und Ogilvie sich auf zwei verschiedenen Ebenen verständigten.

»Doktor Ambrose.« Ogilvie trat hinter seinen Schreibtisch, setzte sich und machte sich eine Notiz. »Wie Sie wissen, entspricht es meiner Politik, den Tourismus nach Barandi zu fördern – aber es wäre ganz falsch, die Leute mit übertriebenen Vorstellungen darüber, was das Land zu bieten hat, hierherzulocken. Sagen Sie, Gilbert, haben Sie die Aufnahmen gefälscht?«

Snook sah ihn entsetzt an.

»Ich wüßte gar nicht, wie man das anstellt, Herr Präsident. Aber selbst wenn ich es wüßte – warum sollte ich das tun?«

»Da ist noch etwas, was ich nicht begreife.« Ogilvie lächelte bedauernd. »Wenn ich ein Motiv fände–«

»Wie sind die Aufnahmen in die Hände der Presse geraten?« fragte Freeborn von der Ecke aus.

»Nun, das war allerdings mein Fehler«, erwiderte Snook. »Ich kam an jenem Abend in die Stadt, um etwas zu trinken, und stieß zufällig auf Gene Helig von der Press Association. Wir unterhielten uns über die Gespenster. Dann fiel mir ein, daß ich die Filmspule eingeschoben hatte, und ich zog sie heraus. Sie können sich vorstellen, wie überrascht ich war, als Gene die Bilder entdeckte.«

Ogilvie lachte trocken.

»Kann ich mir vorstellen.«

»Das Wesentliche ist, daß diese sogenannten Gespenster wirklich existieren, Herr Präsident, und die Bergarbeiter sich weigern, in ihre Nähe zu kommen.«

»Das denken Sie«, sagte Freeborn.

»Ich glaube nicht an übernatürliche Erscheinungen«, fuhr Snook fort. »Ich glaube, daß es eine normale Erklärung für die Dinge geben muß, die man gesehen hat, aber bewältigen läßt sich das Ganze nur, wenn man herausfindet, wie diese Erklärung aussieht. Die ganze Welt blickt jetzt auf Barandi, und–«

»Genug«, sagte Ogilvie gelangweilt. »Sie haben ohne Genehmigung Ihre Nase in viele Dinge gesteckt – sind Sie bereit, als offizieller Verbindungsmann zu fungieren, wenn ich die Erlaubnis für eine umfassende wissenschaftliche Untersuchung im Bergwerk gebe?«

»Sehr gern«, sagte Snook überrascht.

»Gut. Gehen Sie zu Ihrem Doktor Ambrose und setzen Sie sich mit Cartier in Verbindung. Und halten Sie Colonel Freeborn auf dem laufenden. Das wäre alles.« Ogilvie drehte sich mit seinem Sessel und blies eine Rauchwolke zum nächsten Fenster.

»Danke, Herr Präsident.« Snook stand auf und eilte hinaus, ohne noch einen Blick zu Colonel Freeborn hinüberzuwerfen. Das Gespräch mit dem Präsidenten war besser verlaufen, als er hatte erhoffen können, und trotzdem wurde er das Gefühl nicht los, ausmanövriert worden zu sein.

Freeborn wartete ein paar Sekunden, als Snook gegangen war, bevor er vortrat.

»Es steht schlecht, Paul«, sagte er. »Es steht schlecht, wenn ein Mechaniker wie dieser Kerl herein- und hinausstolzieren und seine Bedingungen diktieren kann.«

»Meinen Sie, man sollte ihn erschießen?«

»Warum eine Kugel vergeuden? Ein Plastiksack über dem Kopf ist viel befriedigender – sie haben dann viel Zeit zum Bereuen.«

»Ja, aber leider hat unser Mechaniker zufällig oder bewußt alles getan, um sich seines Lebens zu versichern.« Ogilvie stand auf und begann hin und her zu gehen. »Was wissen Sie über seine Lebensgeschichte?«

»Nur das eine, daß ich sie vor drei Jahren, als ich Gelegenheit dazu hatte, hätte beenden sollen.« Freeborn hob reflexartig den Stock und legte den Goldknauf in die Vertiefung auf seinem Schädel.

»Es steckt mehr in ihm, als Sie glauben, Tommy. Der Vorschlag über die Einziehung aller Schwachlichtgläser im Bergwerk, den er Ihnen gemacht hat, hatte viel für sich, zum Beispiel.«

»Das hätte ein völlig neues Beleuchtungssystem für die ganze Anlage erfordert. Wissen Sie, was so etwas heutzutage kostet? Es ist ja nicht so, als hätte Ihr Atomkraftwerk nach Plan seinen Betrieb aufgenommen.«

»Eine neue Beleuchtung wäre eine Kleinigkeit gewesen, verglichen mit den Kosten einer längeren Stillegung – außerdem geht es um mehr als Geld.« Ogilvie drehte sich um und zielte mit der Zigarre auf Freeborn. »Geld bedeutet mir sehr wenig, Tommy. Ich habe mehr davon, als ich je ausgeben kann. Das einzige, was ich für dieses Land wirklich will, ist die rechtmäßige Mitgliedschaft in den Vereinten Nationen. Ich möchte dieses Gebäude in New York betreten und meine Flagge unter all den anderen sehen. Deshalb müssen die Diamantenminen weiterarbeiten. Ohne sie könnte Barandi kein Jahr bestehen.«

»Ich setze mich mit Ihnen für Ihre Träume ein«, sagte Freeborn nach einer Pause, »aber das ist ein Grund mehr, sofort entscheidend zu handeln, bevor sich die Lage weiter verschlimmert.«

Ogilvie seufzte.

»Ich bin nicht weich geworden, Tommy. Ich habe nichts dagegen einzuwenden, daß Sie Ihre Leoparden gegen diesen Pöbel in Nummer Drei einsetzen – aber wenn fremde Beobachter anwesend sind, geht das nicht. Der logische, erste Schritt ist, sie aus dem Land wegzuschaffen.«

»Aber Sie haben eben die Erlaubnis gegeben, daß sie sogar das Bergwerk betreten dürfen.«

»Was blieb mir anderes übrig? Snook hatte recht, als er sagte, die ganze Welt blicke auf uns.« Ogilvie lächelte plötzlich. Er hielt Freeborn die Zigarrenkiste hin. »Die Welt wird es aber bald müde, einen Teil Afrikas nach dem anderen zu beobachten – das sollten Sie so gut wissen wie ich.«

Freeborn griff nach einer Zigarre.

»Und in der Zwischenzeit?«

»In der Zwischenzeit möchte ich, daß Sie, natürlich inoffiziell, unserer kleinen Wissenschaftlergemeinde aus dem Ausland das Leben schwer machen. Unternehmen Sie nichts Auffälliges oder Schlagzeilen Erzeugendes, machen Sie ihnen einfach das Leben schwer.«

»Verstehe.« Freeborn sah den Präsidenten aufmerksam an. »Und Helig, der Mann von der Nachrichtenagentur? Soll ihm das Handwerk gelegt werden?«

»Nicht jetzt – es ist zu spät, diesen Fehler zu korrigieren. Behalten Sie ihn aber in Zukunft im Auge.«

»Ich kümmere mich um alles.«

»Tun Sie das. Und noch etwas – wir müssen die Einreise weiterer Ausländer verhindern. Erfinden Sie einen plausiblen Grund für die Stornierung aller Einreisevisa.«

»Pockenepidemie?«

»Nein, das könnte den Handel beeinträchtigen. Ein militärischer Zwischenfall wäre besser. Ein Angriff unserer längst etablierten Nachbarn etwa. Die Einzelheiten besprechen wir beim Essen.«

Freeborn sog den Rauch tief in sich hinein.

»Methode Gleiwitz?« meinte er. »Ich habe ein paar unangenehme Gefangene in Reserve.«

Ogilvie nickte zustimmend.

»Gleiwitz.«

Freeborn lachte leise in sich hinein.

Snook war immer noch von Argwohn über Präsident Ogilvies Verhalten erfüllt, als er vor dem ›Commodore‹ aus dem Taxi stieg. Er stürzte in den Schatten unter dem Vordach und eilte in die Bar. Ralph, der Barchef, sah ihn kommen, griff wortlos nach einem Viertelliterglas, füllte es zur Hälfte mit Tanqueray-Gin und goß mit Eiswasser auf.

»Danke, Ralph.« Snook saß auf einem Hocker, stützte die Ellenbogen auf die Lederpolsterung der Bar und trank einen großen Schluck.

»Schlimmer Vormittag, Mr. Snook?«

»Arg.«

»Gleich fühlen Sie sich besser.«

»Ich weiß.« Snook trank noch einmal. Dasselbe Gespräch mit demselben Zeremoniell, immer wieder. Es war wohl der einzige Kontakt, den Snook genoß.

Ralph beugte sich über die Theke.

»Da drüben sitzen zwei Leute, die Sie sprechen wollen.«

Snook drehte sich um und sah einen Mann und eine Frau, die ihn mit skeptischer Erwartung betrachteten. Ein gut zusammenpassendes Paar, dachte er; jung, makellos gekleidet, gutaussehend, aber es war die Frau, deren Anblick ihn fesselte. Schlank, mit intelligenten, grauen Augen, vollen Lippen, kühl und sinnlich zugleich – und Snook befürchtete auf einmal, sein ganzer Lebensstil könnte ein Fehler gewesen sein. Er griff nach seinem Glas und ging auf den Tisch zu.

»Mr. Snook? Ich bin Boyce Ambrose«, sagte der Mann, der aufgestanden war und ihm die Hand drückte. »Wir haben miteinander telefoniert.«

Snook nickte.

»Sagen Sie Gil zu mir.«

»Ich möchte Ihnen Prudence Devonald vorstellen. Miss Devonald ist bei der UNESCO. Ich glaube, auch sie möchte beruflich mit Ihnen sprechen.«

»Das muß heute mein Glückstag sein«, sagte Snook automatisch, als er sich setzte.

»Das ist nicht Ihr Glückstag«, erklärte Prudence. »Es könnte sogar genau das Gegenteil davon sein. Unter anderem soll ich hier in Barandi Ihre Qualifikation als Lehrer überprüfen.«

»Welche Qualifikation?«

»Das möchte meine Behörde eben wissen«, sagte sie unfreundlich.

»So? Und was sind Sie da? Archivmädchen?« fragte Snook erbost.

»Ich wollte eben noch etwas zu trinken holen«, sagte Ambrose hastig. »Möchten Sie auch noch etwas?«

»Danke, ja. Ralph kennt sich aus.« Während Ambrose zur Bar ging, lehnte Snook sich bequem zurück, betrachtete Prudence und entschied, daß sie eine der schönsten Frauen war, die er je gesehen hatte. Ich will dich, dachte er. Du bist ein Miststück, aber ich will dich.

»Vielleicht sollten wir noch einmal von vorne anfangen«, schlug er vor. »Wir scheinen uns irgendwie in die Quere gekommen zu sein.«

Prudence lächelte beinahe.

»Wahrscheinlich meine Schuld – ich hätte mir denken können, daß Ihnen meine Fragen in Gegenwart eines Dritten peinlich sind.«

»Durchaus nicht.« Snook sah sie ein wenig erstaunt an. »Übrigens werde ich Ihre Fragen nicht beantworten.«

Sie sah ihn aufgebracht an, aber Ambrose kam in diesem Augenblick mit den drei Gläsern zurück. Er rieb sich das Kinn.

»Da scheint ein Fehler passiert zu sein«, sagte er. »Diese Runde hat dreimal soviel gekostet wie die letzte.«

»Das liegt an mir.« Snook erhob sein Glas. »Ich bestelle den Gin im Bierglas, damit ich nicht dauernd hin- und herlaufen muß.« Er sah Prudence an. »Mir ist das peinlich.«

Sie preßte die Lippen zusammen.

»Es würde mich interessieren, zu hören, wie Sie so trinken und Ihre Stellung als Lehrer halten können.«

»Mich würde noch mehr interessieren«, warf Ambrose jovial ein, »von Ihnen aus erster Hand zu erfahren–«

Snook hob abwehrend die Hand.

»Augenblick, Boyd.«

»Boyce.«

»Verzeihung – Boyce. Mich würde am allermeisten interessieren, warum die Dame mich dauernd nach meinen Privatangelegenheiten befragen will.«

»Ich bin bei der UNESCO.« Prudence zog eine silberne Marke aus der Handtasche. »Und das bedeutet, daß Ihr Gehalt von–«

»Mein Gehalt besteht hauptsächlich aus einer Kiste Gin und einem Sack Kaffee alle zwei Wochen«, unterbrach sie Snook. »Wenn ich mir Bargeld verdiene, dann damit, daß ich für das ganze Bergwerk Automotoren repariere. Dazwischen unterrichte ich Bergarbeiter im Englischen – an den Abenden, an denen sie kein Geld mehr für die Befriedigung fleischlicher Lüste haben. Was ich anhabe, ist immer noch dasselbe wie vor drei Jahren, als ich hier ankam. Ich esse oft direkt aus der Dose und bürste mir die Zähne mit Salz. Ich betrinke mich oft, aber im übrigen bin ich ein Muster von einem Strafgefangenen. Wollen Sie sonst noch etwas über mich wissen?«

Prudence machte ein besorgtes Gesicht, gab aber nicht nach.

»Sie behaupten, daß Sie hier gefangengehalten werden?«

»Was denn sonst?«

»Ich denke, Sie sind politischer Flüchtling. Da war doch ein Düsenjäger, der aus Malaq verschwunden ist.«

Snook schüttelte mit Nachdruck den Kopf.

»Der Pilot dieser Maschine ist als politischer Flüchtling anerkannt. Ich war Passagier und wollte eigentlich in die andere Richtung, und ich bin hier ein Gefangener, weil ich es abgelehnt habe, die Maschine für das barandische Militär zu warten.«

»Das werde ich in meinem Bericht anführen.« Prudence hielt die Marke an den Mund und zeigte damit, daß sie in Wirklichkeit ein Mini-Recorder war. Sie lächelte belustigt. »Buchstabiert man Ihren Namen genau so, wie er klingt?«

»Komischer Name, wie?« sagte Snook. »Wie klug von Ihnen, in eine Familie hineingeboren zu werden, die Devonald heißt.«

Prudence wurde rot.

»Ich wollte nicht–«

Snook wandte sich ab.

»Boyce, was wird hier gespielt? Sind Sie auch von der UNESCO? Ich bin hergekommen, weil ich dachte, Sie interessieren sich für das, was wir im Bergwerk gesehen haben.«

»Ich bin Privatforscher und interessiere mich enorm für das, was Sie gesehen haben.« Er warf Prudence einen vorwurfsvollen Blick zu. »Es war reiner Zufall, daß ich Miss Devonald kennengelernt habe – wenn wir vielleicht eine getrennte Vereinbarung–«

»Nicht nötig – ich halte jetzt mal eine Weile den Mund«, sagte Prudence, und plötzlich erblickte Snook das Schulmädchen, das sie vor nicht so vielen Jahren gewesen war. Er kam sich vor wie ein alter Legionär, der seinen Säbel an einem Rekruten erprobt hatte.

»Gil, haben Sie überhaupt eine Ahnung davon, was Sie im Bergwerk gesehen haben?« Ambrose tippte Snook aufs Knie, um Beachtung zu finden. »Wissen Sie, was Sie entdeckt haben?«

»Ich habe Wesen gesehen, die wie Gespenster aussahen«, sagte Snook zerstreut, den Blick auf Prudences Profil gerichtet.

»Was Sie gesehen haben«, sagte Ambrose, »waren die Bewohner eines anderen Universums.«

Es dauerte ein paar Sekunden, bis die Worte zu Snook durchdrangen, dann begann er Fragen zu stellen. Zwanzig Minuten später lehnte er sich zurück, atmete tief ein und bemerkte, daß er sein volles Glas vergessen hatte. Er trank einen Schluck und versuchte sich an den Gedanken zu gewöhnen, daß er am Scheideweg zweier Welten stand. Wieder, im Verlauf einer einzigen Stunde, wurde er gezwungen, in neuen Kategorien zu denken und neuen Begriffen Platz in seinem Gehirn zu machen.

»So, wie Sie sich ausdrücken, muß ich Ihnen glauben«, sagte er zu Ambrose, »aber wie geht es weiter?«

»Der nächste Schritt scheint mir klar zu sein. Wir müssen Verbindung mit diesen Wesen aufnehmen – eine Methode finden, mit ihnen zu sprechen.«

7

Die Mitteilung, daß Ambrose noch in dieser Nacht mit seinen Beobachtungen beginnen wollte, störte Snook nicht, aber die praktischen Konsequenzen ärgerten ihn.

Ambroses Theorie bestätigte, daß die geisterhaften Erscheinungen erst kurz vor der Morgendämmerung beginnen würden, wenngleich sie mit der Zeit immer früher anfangen und später aufhören mußten. Die Straße von Kisumu zum Bergwerk war lang und schwer zu befahren, vor allem für Fremde, und Snook hatte sich verpflichtet gefühlt, Ambrose zur Übernachtung in seinem Bungalow einzuladen. Seine ganze Natur wehrte sich gegen den Zwang, fast einen ganzen Tag und eine Nacht mit dem anderen zubringen zu müssen. Die Tatsache, daß Prudence sich ebenfalls eingeladen hatte, gekleidet in einen Safarianzug aus einem Pariser Modehaus, trug nicht zu seiner Erleichterung bei.

Sie hatte ihn nach den Reibereien bei der ersten Begegnung mit unpersönlicher Höflichkeit behandelt, und er reagierte entsprechend, war sich ihrer Gegenwart aber ständig bewußt, was ihn zusätzlich störte. Er saß in der geräumigen Dunkelheit des Rücksitzes in dem von Ambrose gemieteten Wagen und dachte wehmütig an andere Frauen, die er gekannt hatte. Eva etwa, die Dolmetscherin in Malaq – er ärgerte sich, als er feststellte, daß er sich nicht einmal mehr an ihr Gesicht erinnern konnte.

» . . . dem Planeten einen Namen geben müssen«, sagte Ambrose am Steuer. »Er war buchstäblich immer eine Unter-Welt, aber ich hielte es nicht für richtig, ihn Hades zu nennen.«

»Gehenna wäre noch schlimmer«, meinte Prudence. »Dann gäbe es noch Tartarus, aber ich glaube, der lag noch tiefer als der Hades.«

»Unter den gegebenen Umständen paßt es auch nicht. Nach allem, was Gil über die Stollen sagt, wird die Anti-Neutrino-Welt in etwa siebzig Jahren ganz aus der Erde herausgetreten sein.« Ambrose lenkte das Fahrzeug um ein großes Schlagloch, und die Bäume an der Straße tauchten kurz im Scheinwerferlicht auf. »Das heißt, wenn sie diese Steiggeschwindigkeit beibehält. Wir wissen nicht genau, ob das der Fall sein wird.«

»Ich hab's!« Prudence rückte näher an Ambrose heran, und Snook wußte, daß sie seinen Arm gepackt hatte. »Avernus!«

»Avernus? Nie gehört.«

»Ich weiß auch nur, daß es eine weitere dieser mythologischen Unter-Welten war, aber das klingt viel besser als Hades. Finden Sie nicht, daß es ganz idyllisch klingt?«

»Mag sein«, sagte Ambrose. »In Ordnung! Sie haben eben Ihren ersten Planeten getauft.«

»Kann ich eine Flasche Champagner an ihm zerschlagen? Das habe ich immer schon tun wollen.«

Ambrose lachte, und Snooks Mißstimmung verstärkte sich. Er starrte eine Weile vor sich hin, dann begann er zu pfeifen, ziemlich laut, ein altes Lieblingslied von ihm, ›Plaisir d'amour‹. Prudence ließ ihn nur ein paar Takte pfeifen, dann beugte sie sich vor und schaltete das Radio ein. Die Orchesterversion derselben Melodie erfüllte das Fahrzeug.

Ambrose drehte sich halb herum.

»Wie haben Sie das gemacht?« fragte er über die Schulter.

»Was gemacht?«

»Sie haben eine Melodie gepfiffen, und im Radio spielen sie sie auch.« Ambrose war offenbar mehr als erstaunt. »Haben Sie einen Kopfhörer?«

»Nein. Ich habe einfach angefangen zu pfeifen.«

»Haben Sie sich überlegt, wie gering die Wahrscheinlichkeit eines solchen Zusammentreffens ist?«

»Groß kann sie nicht sein«, meinte Snook. »Mir passiert das ab und zu.«

»Die Chancen sind unglaublich gering – ich kenne Leute von der ASW-Forschung, die Sie gerne in die Hände bekommen würden.« Ambrose begann sich aufzuregen. »Haben Sie schon einmal daran gedacht, daß Sie Telepath sein könnten?«

»Für Funkfrequenzen?« sagte Snook säuerlich.

»Dafür nicht – das würde nicht gehen«, erwiderte Ambrose. »Aber wenn Tausende von Menschen rings um Sie im Radio ein Lied hören, könnten Sie es direkt aus ihren Gehirnen empfangen.«

»Ich lebe meist dort, wo niemand ist.«

»Haben Sie noch andere Hinweise?« fragte Ambrose unbeirrt.

»Vorausahnungen, etwa. Haben Sie je das Gefühl, daß etwas passieren wird, bevor es geschieht?«

»Ich –« Die Frage löste einen Aufruhr in Snooks Unbewußtem aus.

»Ich habe einmal von einem Mann gelesen, der Funksendungen hören konnte, weil er Metallplomben im Gebiß trug«, sagte Prudence plötzlich.

Snook lachte dankbar.

»Ein paar Backenzähne von mir sehen aus wie Schiffspoller«, log er.

»Wenn jemand in der Nähe eines starken Senders ist, kann alles Mögliche passieren, aber das hat nichts zu tun mit–« Ambrose verstummte, als die Musik von einem lauten Senderzeichen unterbrochen wurde.

»Wir unterbrechen die Sendung«, sagte eine erregte Männerstimme, »weil wir Meldungen von einem ernsten Zwischenfall an der Grenze zwischen Barandi und Kenia in der Nähe der Hauptstraße von Kisumu nach Nakuru erhalten. Zwischen den barandischen Verteidigungsstreitkräften und einer Einheit der kenianischen Armee, die in barandisches Gebiet eingedrungen ist, soll es zu Kämpfen gekommen sein. Ein Bulletin aus dem Büro des Präsidenten erklärt, daß die Eindringlinge unter schweren Verlusten für sie zurückgeworfen wurden und daß für barandische Zivilisten keine Gefahr besteht. Wir bringen weitere Meldungen sofort nach Eintreffen. Hier ist Radio Barandi.« Das Zeichen wurde wiederholt, und die Musik setzte wieder ein.

»Was bedeutet das, Gil?« fragte Ambrose. »Geraten wir in einen Krieg?«

»Nein. Da scheinen Freeborns Berittene wieder mal zu üben.« Er berichtete über barandisches Militärwesen, was er wußte, und fügte eine Kurzbiographie von Colonel Tommy Freeborn an, verfiel dann aber wieder in mürrisches Schweigen.

Als sie Snooks Bungalow erreichten, sahen sie im Scheinwerferlicht drei Männer auf den Eingangsstufen sitzen. Snook stieg als erster aus und sah erleichtert, daß einer davon George Murphy war, auch wenn er die beiden anderen nicht kannte. Sie waren jungenhaft aussehende Weiße, beide mit blondem Schnurrbart. Murphy kam lächelnd heran und wedelte mit einer dick bandagierten Hand.

»Gil«, sagte er begeistert, »ich werde nie verstehen, wie Sie das gemacht haben.«

»Was gemacht?«

»Daß diese wissenschaftliche Kommission eingesetzt worden ist. Alain Cartier hat mich angerufen und mir erklärt, das Bergwerk sei offiziell geschlossen, bis eine gründliche Untersuchung stattgefunden hat. Ich soll mit Ihnen und dem Team zusammenarbeiten.«

»Ah, ja – das Team.« Snook blickte in den Wagen, wo Ambrose und Prudence ihre Sachen einsammelten. »Das ist nicht gerade wie beim Manhattan Project.«

Murphy folgte seiner Blickrichtung.

»Ist das alles?«

»Bis jetzt ja. Soviel ich sehe, hat sich die Presse für unsere Gespenster sehr interessiert, aber die meisten Wissenschaftler scheinen nicht beeindruckt zu sein. Wen haben Sie da?«

»Zwei junge Leute von der Elektronikfabrik – Benny und Des. Sie wollen die Gespenster so dringend sehen, daß sie heute nachmittag mit dem Motorrad aus der Stadt gekommen sind. Glauben Sie, daß sie uns nützlich sein können?«

»Das muß Doktor Ambrose entscheiden«, sagte Snook düster, »aber wenn Sie mich fragen, können wir jede Hilfe gebrauchen.«

Wie Snook hätte voraussagen können, vermied Prudence Devonald es, auch nur den Fuß in seine Küche zu setzen, so daß er die nächsten Stunden fast ununterbrochen Kaffee kochen mußte. Dazwischen paßte er sorgfältig auf, als Ambrose für Murphy, Benny Culver und Des Quig seine Theorie erläuterte. Die jungen Männer waren Neuseeländer, wie sich herausstellte, und Fachleute für Elektronik. Sie waren von den hohen Gehältern angelockt worden, die Präsident Ogilvie vor vier Jahren angeboten hatte, um der Wirtschaft des Landes eine breitere Grundlage zu verschaffen. Sie akzeptierten Ambroses Vorstellungen völlig und begeisterten sich rückhaltlos.

George Murphy war nicht weniger überzeugt und ging auf Ambroses Bitte hin zu seinem Büro, um Lagepläne der Grube zu holen.

Als er zurückkam, klebte Ambrose die Pläne an die Wand, befragte Murphy genau zur Örtlichkeit der Sichtungen und zog zwei horizontale Linien durch den Querschnitt. Er maß die Entfernung zwischen den Linien und zog in gleichen Abständen darüber andere. Die achte lag genau über der Oberfläche.

»Die unterste Linie ist annähernd die Ebene, auf die sich die Avernier an dem Morgen erhoben haben, als sie von Harper zum erstenmal entdeckt wurden«, sagte Ambrose. »Die nächste zeigt ungefähr die Höhe, die sie am folgenden Morgen erreichten, als Gil sie fotografierte, und der Maßstab des Plans zeigt, daß das eine Steigerung von etwas über fünfhundert Meter war. Nimmt man ein gleichmäßiges Tempo der Trennung zwischen Avernus und Erde an, dann können wir die Höhen voraussagen, die sie an aufeinanderfolgenden Tagen erreichen werden. Seit der letzten Sichtung sind zwei Tage vergangen, was bedeutet, daß wir die Avernier morgen kurz vor der Dämmerung etwa hier erwarten können.« Ambrose berührte die fünfte Linie von unten; sie durchlief ein Gebiet mit vielen Stollen.

»Wir könnten natürlich auch weiter unten irgendwo auf sie warten«, fuhr er nach einer Pause fort, »aber wenn sie den höchsten Punkt erreichen, gibt es eine Periode, in der sie sich in bezug auf uns vertikal kaum noch bewegen. Aus dem Plan ersehe ich, daß zum Glück in dieser Tiefe viel gegraben worden ist. Wir müssen uns seitlich ausbreiten, so weit es geht, möglichst nur eine Person pro Stollen, und darauf achten, daß Gebäude auftauchen. In diesem Stadium interessieren uns nicht so sehr die Avernier selbst, aber wir müssen unbedingt Gebäude finden.«

»Mir scheint da etwas entgangen zu sein«, sagte Snook, der eine Kanne Kaffee hereinbrachte. »Warum sind Gebäude so wichtig?«

»Sie bieten uns die beste Gelegenheit, mit den Averniern Kontakt aufzunehmen, und selbst dann muß es noch nicht klappen. Der einzige Grund, warum wir sie entdecken konnten, war der, daß Bergwerke ziemlich dunkel sind. Bei Tag wären sie vielleicht nie aufgefallen.«

»Wir haben Thorntons Planeten auch bei Tag sehen können«, sagte Culver.

»Richtig«, sagte Ambrose, »aber in seinem eigenen Universum ist

Thorntons Planet eine überaus dichte Ansammlung von Anti-Neutrinos und sendet im Vier-pi-Raum mit sehr hoher Geschwindigkeit Neutrinos aus. Der Planet Avernus ist weniger dicht in seinem eigenen Universum, deshalb erscheint uns seine Oberfläche als das milchige Leuchten, das Gil und George beschrieben haben. Die Bewohner von Avernus haben eine noch geringere Dichte – genau, wie meine Hand eine geringere Dichte hat als ein Stahlstab –, so daß ihr Neutrinofluß noch stärker verdünnt ist und man sie umso schwerer sehen kann. Okay?«

»Ich glaube, ich verstehe, aber erklärt das die Art, wie die Avernier Stück für Stück aus dem Boden aufsteigend gesehen worden sind? Wenn wir sie wegen ihrer Neutrino-Emission sehen können, sollten sie dann nicht die ganze Zeit über mehr oder weniger sichtbar sein? Sollten wir sie dann nicht durch das massive Gestein hindurch sehen?«

»Nein. Jedenfalls nicht merklich. Der Neutrinofluß verringert sich im umgekehrten Quadrat der Entfernung, und wenn man schon mit einem schwachen Sender anfängt, wie es ein Avernier ist, verdünnt sich der Fluß schnell unter die Schwelle, bei der die Magniluct-Gläser ein Bild hervorbringen. Die Gläser sind keine sehr wirksame Art, das avernische Universum zu sehen – bestenfalls sind wir damit enorm kurzsichtig.«

»Aber in diesem Universum sind sie besonders wirksam«, warf Quig ein. »Selbst im Dunkeln können sie einem ein gutes Bild vom Boden liefern, und das löscht die schwachen Abbilder dessen, was unter dem Boden liegt, aus.«

»Richtig. Es ist ein bißchen so wie die Sterne am Taghimmel, die man nicht sehen kann, auch wenn sie da sind. Und der Grund, weshalb wir hoffen, Gebäude zu finden«, fuhr er fort, »ist der, daß es in einem avernischen Gebäude dunkel sein könnte und sie dadurch größere Aussicht hätten, uns zu sehen. Vergeßt nicht, daß von ihrer Sicht aus *wir* die Gespenster sind. Im Augenblick segeln wir, hier in diesem Zimmer, durch ihre Atmosphäre. Die Rotation der beiden Planeten bedeutet, daß wir auf einer Art Sinkflug sind, der sich kurz vor der Morgendämmerung mit ihrer Entsprechung von Barandi schneidet.«

Prudence hob den Kopf.

»Ist auf Avernus Nacht?«

»Auf dieser Halbkugel, ja.«

»Dann wissen sie vielleicht von uns. Vielleicht können sie zum Himmel hinaufblicken und uns sehen.«

»Nein. Wenn man sich die beiden Kreise noch einmal ansieht, fällt einem auf, daß die Avernier unter der Erdoberfläche sind, so daß sie, wenn sie überhaupt etwas sehen, ein allgemeines Leuchten wahrnehmen – wie es der Fall war, als Gil und George unter ihre Oberfläche sanken. In Verbindung mit ihnen können wir nur dann treten, wenn die beiden Oberflächen in etwa übereinstimmen.«

»Verdammt! Mir ist eben etwas eingefallen, das den ganzen Plan vereitelt«, warf Culver ein und schlug sich an die Stirn. »Wir hätten die Avernier überhaupt nicht entdeckt, wenn unsere Bergarbeiter nicht Magniluct-Gläser getragen hätten. Die Avernier würden also auch besondere Sehhilfen brauchen, um uns wahrzunehmen, nicht wahr? Und die Aussichten, daß sie sie zufällig tragen, sind mehr als gering.«

»Guter Einwand.« Ambrose lächelte Culver an. »Zum Glück ist aber die Beziehung zwischen den beiden Universen nicht symmetrisch, und der Vorteil liegt auf unserer Seite. Ich habe ein paar Berechnungen angestellt, und es sieht mir so aus, als würden wir, wenn wir in einem Zwischenvektor-Bosonenfeld stehen, in ihrem Universum ziemlich stark leuchten.«

»Bosonen? Das ist eine merkwürdige Art von Strahlung, nicht?«

»Ja, aber für die Avernier müßte das ihr Gegenstück zu einem Photonenschauer sein.«

»Brauchen Sie ein Moncaster-Gerät? Des und ich haben einen Bekannten im Kraftwerk, der ab und zu eines verwendet.«

»Ein Laborgerät wäre zu groß und zu schwer. Ich habe aus den Staaten ein tragbares Gerät mitgebracht – es erzeugt ein Feld von geringer Stärke, müßte für unsere Zwecke aber reichen. Ich hatte nur für eines Platz, also brauchen wir im Bergwerk eine gute Direktverbindung. Jeder, der glaubt, ein avernisches Gebäude entdeckt zu haben, gibt den anderen Bescheid, dann bringen wir ihm das Gerät, so schnell es geht.«

Des Quig hob die Hand wie ein Schüler in der Klasse.

»Wenn wir Funkgeräte brauchen, kann ich sie in der Fabrik montieren.«

»Danke, aber dafür reicht die Zeit nicht. Deshalb habe ich mitgebracht, soviel ich konnte – Impuls-Amplituden-Modulatoren und –«

»He! Das hört sich an, als wollten Sie mit den Gespenstern reden.«

»Aber natürlich!« sagte Ambrose überrascht. »Technisch ist das doch möglich, oder? Wenn sie uns und wir sie sehen können, heißt das, daß Licht ausgetauscht wird. Man braucht es nur zu modulieren, um eine Tonkommunikation herzustellen.«

»Das unterstellt aber, daß die Avernier unter sich Sprache verwenden, daß sie eine technische Rasse auf derselben oder einer höheren Entwicklungsstufe sind wie wir, und daß wir ihnen den Gedanken der Licht-Schall-Umwandlung klarmachen können. Und das alles noch unter der Annahme, daß es uns überhaupt gelingt, für sie sichtbar zu werden.«

»Richtig. Ich weiß, daß ich da weit vorauseile, und daß der ganze Plan zusammenbricht, wenn eine der Voraussetzungen nicht zutrifft, aber versuchen müssen wir es – und zwar heute nacht.«

Quig fing an zu lachen.

»Wie komme ich auf die Idee, Astronomen seien geduldige und langsame Menschen? Wozu die ganze Eile?«

»Wir beeilen uns, weil es nichts als ein glücklicher Zufall war, daß die Avernier in einem tiefen Bergwerk gesichtet worden sind, und wir deshalb ein paar Tage Gnadenfrist haben, um eine Kontaktaufnahme zu versuchen.« Ambrose tippte wieder auf den Querschnitt der Grube. »Ich möchte noch einmal an die Geometrie der Situation erinnern. Wir haben es mit zwei Arten der Bewegung zu tun. Eine davon ist die Trennung der beiden Welten – Avernus tritt mit einer Geschwindigkeit von knapp über fünfhundert Metern am Tag aus der Erde hervor. Das allein führt schon zu einem Problem, weil sie jedesmal, wenn wir sie sehen, um soviel höher steigen. Heute früh, wenn es dämmert, werden sie bis etwa fünfzehnhundert Meter unter der Oberfläche gelangen, morgen werden es tausend Meter unter der Oberfläche sein, am Morgen danach fünfhundert, und noch einen Tag später werden sie auf der Oberfläche sichtbar sein – mitten zwischen den Bäumen und Bergwerksbauten, oder hier in diesem Zimmer. Von da an werden die Avernier in den Himmel über uns emporschweben, jeden Tag fünfhundert Meter höher. Das wäre schon schwierig genug, aber die tägliche Umdrehung der Welten kompliziert das Ganze noch mehr, weil sie zwischen übereinstimmenden Punkten auf den Oberflächen der beiden Globen in eine vertikale Bewegung übersetzt wird.«

»Das ist der Punkt, der mir Schwierigkeiten bereitet«, gestand George Murphy kopfschüttelnd.

»Ihr habt es ja selbst gesehen. Wir stehen auf der Oberfläche einer rotierenden Kugel, der Erde. Knapp unter uns befindet sich eine zweite, etwas kleinere, ebenfalls rotierende Kugel, die vom Mittelpunkt abgewichen ist, bis sich die Oberflächen an einer Stelle berühren. Übereinstimmende Punkte nähern sich einander, bis sie sich berühren, aber infolge der Rotation müssen sie sich wieder voneinander entfernen. Zwölf Stunden, also einen halben Tag später erreichen sie die größte Entfernung voneinander, wobei der Innenpunkt weit unter dem Außenpunkt liegt. Deshalb erheben sich die Avernier durch den Boden und sinken wieder hinab. Die Verbindung ist am besten dann herzustellen, wenn sie sich am Scheitelpunkt der Kurve befinden und die Abwärtsbewegung noch nicht begonnen hat. Wie nennt man das, wenn ein Kolben ganz oben angelangt ist?«

»Tot- oder Umkehrpunkt«, sagte Snook.

»Da müssen wir versuchen, Kontakt mit den Averniern aufzunehmen, wenn sie am Totpunkt sind – und deshalb dürfen wir keine Zeit verlieren. Morgen früh, und noch dreimal danach um diese Zeit, wird der Totpunkt an für uns relativ günstigen Stellen liegen – danach wird er in der Luft stattfinden, höher und immer höher über dem Bergwerk.«

»Vier Möglichkeiten«, sagte Quig. »Was hoffen Sie eigentlich zu erreichen, selbst wenn Sie beim erstenmal Glück haben, Boyce? Vier kurze Begegnungen würden den Averniern kaum Zeit geben, zu reagieren.«

»Wir wären nicht auf vier Begegnungen beschränkt«, sagte Ambrose leichthin.

»Aber Sie haben doch eben gesagt . . .«

»Ich habe gesagt, ich hoffe auf den ersten Kontakt, während der Totpunkt an einer – günstigen Stelle ist, das heißt entweder unter dem Boden oder auf ihm. Wenn der Totpunkt sich danach in der Luft über der Grube befindet, könnten wir recht lange noch Treffen veranstalten.«

»Aber wie denn, um Himmels willen?«

»Denken Sie doch nach, Des. Wenn Sie sich langsam in die Luft erheben, eine Weile dort verharren und dann senkrecht wieder hinabsinken wollten – was für eine Maschine würden Sie verwenden?«

Quigs Augen weiteten sich.

»Einen Hubschrauber.«

»Genau! Ich habe vorsichtshalber heute einen gemietet.« Ambrose strahlte sein Publikum an. »Und jetzt unterhalten wir uns über die unmittelbaren Probleme.«

Snook hörte der Diskussion zu und änderte seine Meinung über Boyce Ambrose erneut. Playboy-Wissenschaftler schien immer noch die richtige Bezeichnung zu sein – aber Ambrose meinte es ernst.

Obwohl die Arbeit im Bergwerk völlig eingestellt worden war, lag der Zaun im gleißenden Scheinwerferlicht, und die Streifen waren unterwegs. Snook kam sich verwundbar und verlegen vor, als er mit George Murphy und den vier anderen zum Tor ging, angeglotzt von den Wachen. Er trug sechs Quadrate aus dicker Pappe, auf deren Mitnahme Ambrose bestanden hatte, und sie waren schwer zu bewältigen.

Murphy, den die Wachen gut kannten, wurde trotzdem angehalten und mußte einen von Cartier unterschriebenen Brief vorweisen, ehe man sie hineinließ.

»Ihren Rat hat man also doch befolgt – jetzt, wo es zu spät ist.« Murphy stieß Snook an und wies auf rotgedruckte Anschläge, wonach alle Arbeiter ihre Magniluct-Brillen abzuliefern hatten, weil man im Bergwerk ein neues Beleuchtungssystem installieren wolle.

»Damit läßt sich wenigstens die Schließung erklären«, meinte Snook zerstreut. Er hatte eben bemerkt, daß zwei Militärjeeps in der Dunkelheit hinter dem Wachgebäude abgestellt waren; in jedem saßen vier Mann vom Leoparden-Regiment. Als die Soldaten Prudence sahen, begannen sie zu pfeifen und zu johlen. Die beiden Fahrer schalteten Suchscheinwerfer ein und richteten sie auf Prudences Beine, während einer der Soldaten unter dem Beifall seiner Kameraden heraussprang und auf sie zulief, um sie näher in Augenschein zu nehmen. Sie ging hochaufgerichtet weiter, eine Hand auf Ambroses Arm. Auch Ambrose beachtete den Soldaten nicht.

Snook nahm die Magniluct-Brille aus der Tasche, setzte sie auf und schaute zu den Jeeps hinüber. Im blauen Pseudo-Licht sah er, daß ein Leutnant, derselbe, der am Morgen im Bungalow gewesen war, mit verschränkten Armen in einem der Fahrzeuge saß.

»Was bilden sich diese Halunken eigentlich ein?« flüsterte Murphy aufgebracht und wollte auf den Soldaten zugehen.

Snook hielt ihn zurück.

»Das ist nicht unser Problem, George.«

»Aber der Gorilla braucht einen Tritt, da wo er ihn spürt.«

»Boyce hat die Frau hergebracht«, sagte Snook, »also muß er sich auch um sie kümmern.«

»Was ist los mit Ihnen, Gil?« Murphy starrte Snook an und lachte dann leise in sich hinein. »Aha. Ich hatte schon den Eindruck, daß Sie sich da ein bißchen verguckt haben, war mir aber nicht sicher.«

»Quatsch. Wie ist übrigens die Disziplin bei den Leoparden? Ich dachte, da geht es sehr streng zu.«

»Stimmt. Ist ein Offizier dabei?«

»Ja.«

»Das braucht nichts zu bedeuten.«

»Ich weiß, daß es nichts zu bedeuten braucht.«

Sie erreichten den Eingang, und Snook entdeckte in sich ein starkes Widerstreben gegen die Fahrt unter die Erde, behielt das aber für sich. Murphy setzte den Aufzug in Betrieb. Am meisten fürchtete Snook sich vor den Mündern der Avernier, den unmenschlich breiten, unmenschlich beweglichen Schlitzen, die manchmal eine

Traurigkeit weit über sein Begriffsvermögen hinaus auszudrücken schienen. Snook kam auf den Gedanken, daß Avernus eine unglückliche Welt sein mochte, zutreffend benannt nach einer mythologischen Hölle.

»Ich fahre als erster hinunter, weil ich weiß, zu welcher Sohle wir wollen«, sagte Murphy. »Ihr müßt gleich aussteigen, wenn ihr mich seht, weil der Aufzug durchläuft. Wenn es nicht klappt, fahrt ihr zur nächsten Sohle, steigt aus, geht auf die andere Seite und fahrt wieder hinauf. Wir haben noch keinen Besucher verloren.«

Die anderen lachten; der Beinahe-Zwischenfall am Tor schien vergessen zu sein. Sie traten jeweils zu zweit in die Körbe, Snook als letzter. In seinen Ohren knackte es während der Abfahrt. Als er auf Sohle Drei ausstieg, hielt Murphy schon Hof und teilte die Leute für die verschiedenen Tunnels ein. Der Strahlungsgenerator von der Größe eines kleinen Koffers sollte am Aufzug stehenbleiben und sofort zu demjenigen gebracht werden, der ein avernisches Gebäude entdeckte.

»Jeder nimmt eines der Plakate, die Gil mitgebracht hat«, sagte Ambrose. »Ich weiß, daß das nur ein Versuch ist, aber vielleicht klappt es doch.« Er hob eines der Plakate hoch. Die Zeichnung, in dickem Schwarz, bestand aus drei Elementen – einer steilen Sinuswelle und einem Pfeil, der auf eine zweite, viel flachere Sinuswelle zeigte.

»Das symbolisiert die Umwandlung von Licht in Schall.« Er sah Quig und Culver an. »Der Sinn ist doch ganz klar, nicht?«

Quig nickte zweifelnd.

»Vorausgesetzt, die Avernier haben Augen; vorausgesetzt, sie wissen etwas von Akustik; vorausgesetzt, sie haben eine Wellentheorie des Lichts entwickelt; vorausgesetzt, sie kennen die Gesetze der Elektronik, vorausgesetzt–«

»Schon gut, Des – ich habe ja schon zugegeben, daß die Aussichten nicht günstig sind. Aber es steht so viel auf dem Spiel, daß ich bereit bin, alles zu versuchen.«

»Okay. Mir macht es nichts aus, ein Plakat zu tragen, aber vor allem möchte ich Aufnahmen machen«, sagte Quig. »Das ist wohl das Höchste, womit wir rechnen dürfen.«

»In Ordnung – ich bin für jede Hilfe dankbar.« Ambrose

schaute auf die Uhr. »Nur noch eine Viertelstunde – die Avernier müssen schon in den tieferen Sohlen des Bergwerks sein –, also an die Plätze. Der Schall trägt hier unten weit, aber die Akustik ist nicht gut. Entfernt euch deshalb nicht weiter als hundert Meter vom Hauptschacht. Tragt eure Magniluct-Brillen, macht in zehn Minuten alle Lampen aus und vergeßt nicht, loszubrüllen, sobald ihr findet, was wir suchen.«

Wieder wurde gelacht, was Snook mit einer perversen Bösartigkeit erfüllte – er fragte sich, wer noch belustigt sein würde, wenn die Avernier sich zeigten. Er ging zum Südstollen, als ihm auffiel, daß Prudence auf dem Weg zu einem anderen Stollen neben ihm herging. Sie trug Plakat und Taschenlampe. Snook empfand plötzlich Besorgnis.

»Gehen Sie da allein hinein?« fragte er.

»Sollte ich das nicht?« Ihr Gesicht war ausdruckslos.

»Offen gestanden, nein.«

»Mir ist nicht aufgefallen, daß Sie um meine Sicherheit so besorgt gewesen wären, als Ihre Freunde sich am Tor amüsiert haben.«

»*Meine* Freunde!« Snook war von der Ungerechtigkeit der Bemerkung so erschüttert, daß er kein Wort herausbrachte, bis Prudence davonhuschte. Er starrte ihr nach und ging dann seines Weges.

Die Diamanten enthaltenden Lehmschichten waren hier breit und tief gewesen, und ihre Entfernung hatte eine Art unterirdischer Höhle entstehen lassen. Ultraschallprojektoren verwandelten Gestein und Lehm zu Staub, ohne die härteren Diamanten zu beeinflussen, und sie besaßen noch den Vorteil, daß sie die Gesteinsstrukturen nicht veränderten, so daß man kaum abzustützen brauchte. Snook folgte der Biegung, bis er hundert Meter zurückgelegt zu haben glaubte, blieb stehen und zündete sich eine Zigarette an. Von den Leuchtstoffröhren im Hauptschacht drang noch ein Lichtschimmer hierher, aber seine Brille verwandelte ihn in eine sichtbare Lichtwand, die ihm stark genug erschien, alle Gespenster zu verdecken, die erscheinen mochten. Er drehte dem Licht daher den Rücken zu und starrte in den dunkelsten Teil des Stollens.

Durch die Brille war das Glühen seiner Zigarette fast unerträglich grell. Snook zertrat den Stummel und wartete regungslos.

Ein paar Minuten vergingen wie Stunden, dann tauchte ohne Vorwarnung ein großer, leuchtender Vogel an der Wand neben seinem Kopf auf, fegte an ihm vorbei und verschwand im Gestein. Das Bild war schwach gewesen, aber er hatte den Eindruck, daß er es noch eine Sekunde nach dem Eintritt in die Wand hatte sehen können, so, als werde selbst der Fels dünn und durchsichtig.

Er rang nach Atem, drehte sich um und blickte zum Hauptschacht. Die Wand bläulichen Lichts war noch immer da, aber nun enthielt sie mehrere dunklere Rechtecke. Snook zog die Brauen zusammen und fragte sich, warum er sie nicht schon vorher bemerkt hatte, aber dann begriff er, daß er die Umrisse von Fenstern vor sich hatte.

»Hierher!« schrie er, halb krank vor Angst. »Südstollen! Im Südstollen ist etwas!« Er lief auf eines der undeutlichen Rechtecke zu, zögerte kurz und stürzte dann durch die vertikale Lichtbarriere. Ein Avernier stand vor ihm, ein verschwommenes Objekt in den Armen, während die Gewänder in einem leichten Wind flatterten, den es auf der Erde nicht gab. Seine Augen rotierten langsam, der breite Mund stand teilweise offen.

»Schnell«, brüllte Snook. »Ich bin bei einem in einem Zimmer!«

»Wir kommen, Gil«, rief eine beruhigende Stimme aus der Ferne.

Der Stimmkontakt mit einem anderen menschlichen Wesen beschwichtigte den Aufruhr in Snooks Innerem ein wenig. Er konzentrierte sich und sah, daß der Avernier größer wirkte als die anderen. Er blickte auf seine Füße und entdeckte, daß die Horizontalebene milchig-blauen Lichts, der Boden des Averniers, sich in seiner, Snooks, Kniehöhe befand. Bei dieser Geschwindigkeit würde der geisterhafte Boden bald über Snooks Kopf sein. Er schaute sich im Zimmer um und erkannte Umrisse von Mobiliar, Tisch und Stühle von seltsamen Proportionen. Der Avernier schwankte ein wenig in einem namenlosen Tanz, ohne zu ahnen, daß ein Beobachter aus einem anderen Universum seine Privatsphäre verletzte.

»Schnell doch, Himmel noch mal«, schrie Snook. »Wo sind Sie, Boyce?«

»Hier.« Die Stimme kam aus nächster Nähe, und Snook sah

menschliche Gestalten. »Die Maschine war schwerer, als ich dachte. Ruhig stehenbleiben – ich versuche, Sie für ihn zu beleuchten. So! Halten Sie das Plakat über den Kopf und bewegen Sie es hin und her.«

Snook hatte das Plakat ganz vergessen. Das Leuchten erreichte seinen Brustkorb, aber die Steiggeschwindigkeit nahm ab. Er hob die Pappe über den Kopf und trat zur Seite, so daß er dem fremden Wesen gegenüberstand.

Seine Augen blickten in die des Averniers. Die Augen des Averniers blickten in die seinen. Und nichts geschah.

Ich bin nicht real, dachte Snook. Ich existiere nicht.

»Es wirkt nicht«, rief er Ambrose zu. »Keine Reaktion.«

»Nicht aufgeben – ich steigere die Feldstärke.«

»Okay.« Im Hintergrund klickten Kameras.

Snook bemerkte, daß der Boden des Zimmers an seinem Körper wieder herabzusinken begann, dann dämmerte ihm, daß der Avernier sich einige Sekunden lang nicht bewegt hatte, daß sein Blick noch immer auf ihn gerichtet war. Der breite Mund kräuselte sich.

»Ich glaube, jetzt könnte etwas geschehen«, sagte Snook.

»Möglich.« Ambrose stand nun neben Snook in dem außerdimensionalen Zimmer.

Das Wesen drehte sich plötzlich um, die erste schnelle Bewegung, die Snook bei seiner Art bemerkte, und schritt über den Boden. Er schien sich an den Tisch zu setzen, und die Arme mit den eigenartigen Gelenken bewegten sich. Der leuchtende Boden sank weiter herab, bis er mit dem Gesteinsboden des Stollens verschmolz, dann begannen die Schwimmhautfüße des Averniers zu verschwinden.

»Wir haben nicht viel Zeit«, sagte Ambrose. »Ich glaube, es war falsch, mit einer Reaktion zu rechnen.«

Quig kam heran, die Kamera am Auge.

»Jedenfalls nehme ich auf, soviel ich kann.«

In diesem Augenblick stand der Avernier auf und wandte sich ihnen zu. Seine Arme waren ausgestreckt, und in den Händen hielt er ein schwach sichtbares Quadrat aus dünnem Material. Wegen der Durchsichtigkeit des Wesens und seiner ganzen Umgebung fiel es Snook schwer, zu erkennen, daß auf dem Quadrat Zeichen angebracht waren. Er kniff die Augen zusammen und sah eine steile Welle, einen Pfeil, eine flache Welle.

»Das ist unsere Botschaft«, stieß Ambrose hervor. »Wir haben Kontakt. Und so schnell!«

»Da ist noch etwas«, sagte Snook. Auf dem Quadrat war noch eine Zeichnung zu erkennen – zwei ein wenig unregelmäßige Kreise fast genau übereinander.

»Astronomie!« sagte Ambrose mit heiserer Stimme. »Sie wissen, was vorgeht.«

Snook starrte die Zeichnung an, und tief in seinem Innern spürte er eine eisige Vorahnung. Die Symbole der oberen Zeichnung waren fehlerlos – die Sinuswellen ganz regelmäßig, der Pfeil aus geraden Linien, was andeutete, daß der Avernier gut zeichnen konnte. Die einander überlappenden Kreise der unteren Zeichnung waren jedoch deutlich unregelmäßig. Außerdem gab es im Inneren Markierungen ...

Der Avernier versank mit seiner Welt wieder unter dem Stollenboden.

Er kam auf Snook zu, scheinbar knietief im Fels watend, und griff mit schwimmhäutigen, durchscheinenden Händen hinauf, und die langen, zitternden Finger wollten sich um Snooks Kopf schließen.

»Nein!« Snook wich vor den flehenden Händen zurück, unfähig, ein Schreien zu unterdrücken. »Das mache ich nicht. Niemals!« Er fuhr herum und hetzte zum Hauptschacht.

8

»Gil, ich verstehe nicht, warum Sie sich weigern, das zu akzeptieren«, sagte Boyce Ambrose ungeduldig. Er warf die Fotografien auf den Tisch. »Als wir hierherfuhren, nur Stunden, nachdem ich Sie kennengelernt hatte, sprach ich schon davon, daß Sie telepathisch begabt sein könnten. Heutzutage ist das eine etablierte und achtbare wissenschaftliche Erscheinung. Warum wollen Sie das nicht zugeben?«

»Warum möchten Sie, daß ich es zugebe?« fragte Snook schläfrig, ein Glas in der Hand.

»Ich meine, die Tatsache, daß Sie die avernische Zeichnung verstanden haben, während ich sie für astronomisch hielt, beweist doch, daß Sie eine telepathische Begabung besitzen.«

»Sie haben noch immer nicht gesagt, warum Sie so darauf drängen, daß ich diese Begabung eingestehe«, sagte Snook.

»Weil–«

»Weiter, Boyce.«

»Ich würde es tun«, sagte Ambrose mit einer Spur von Bitterkeit. »Ich würde es tun, wenn ich auserwählt worden wäre.«

Snook ließ den Gin im Glas kreisen.

»Das liegt daran, daß Sie ein wissenschaftlicher Geist sind, Boyce. Sie gehören zu den Leuten, die ohne Rücksicht auf die Gefahr bei einem Gewitter einen Drachen fliegen lassen würden, aber ich lasse nicht zu, daß ein blaues Ungeheuer seinen Kopf in den meinen schiebt.«

»Die Avernier sind Menschen«, sagte Prudence empört.

»Na gut«, erklärte Snook achselzuckend. »Ich lasse nicht zu, daß blaue Leute ihre Köpfe in den meinen schieben.«

»Mich stört das nicht.«

»Darauf wüßte ich etwas, aber ich bin zu müde.« Snook hob sein Glas und trank.

»Ich glaube, es wäre gut, wenn wir uns alle ausruhen würden«, sagte Ambrose. »Wir sind die ganze Nacht auf gewesen.«

»Ich muß zurück in die Fabrik«, meinte Culver. Er sah Des an. »Was ist mit dir, Des? Soll ich dich mitnehmen?«

»Ich bleibe hier«, sagte Quig.

»Und Ihre Stellung?« meinte Ambrose. »Ich weiß Ihre Hilfe zu schätzen, aber–«

»Die können sie sich einsalzen. Wissen Sie, was ich machen mußte? Radiogeräte konstruieren, das ist es, was ich mache.« Er trank einen Schluck. »Das wäre schon schlimm genug, aber ich baue ihnen ein gutes Gerät, und sie geben es zur kommerziellen Verwertung. Die Leute dort bauen alles aus, bis das Ding nicht mehr geht, bauen das letzte Teil wieder ein, daß es läuft – und dann geht es in Serie. Mich macht das krank. Nein, ich will da nicht mehr hin. Ich denke gar nicht daran–«

Snook öffnete die Augen und sah, daß Quig den Kopf auf die Arme legte und sofort einschlief.

»Dann fahre ich«, sagte Culver. »Wir sehen uns am Abend.« Er verließ Snooks Wohnzimmer, und George Murphy ging nach einem müden Winken mit.

Snook stand auf und sah Ambrose an.

»Was wollen Sie tun?«

Ambrose zögerte.

»Ich habe in den letzten drei Tagen ungefähr vier Stunden geschlafen. Ich falle nicht gern zur Last, aber der Gedanke an die Fahrt nach Kisumu–«

»Sie können gern hierbleiben«, sagte Snook. »Ich habe zwei Schlafzimmer mit je einem Bett. Des scheint mit dem Tisch zufrieden zu sein. Wenn ich also hier auf dem Sofa schlafe, haben Sie und Prudence je ein Zimmer.«

Prudence stand auf.

»Ich denke gar nicht daran, Ihnen Ihr Bett wegzunehmen. Ich gehe mit Boyce – ich bin sicher, daß mir nicht viel zustoßen wird.«

Ambrose grinste und rieb sich die Augen.

»Das Traurige ist, daß Ihnen, so, wie ich mich jetzt fühle, überhaupt nichts zustoßen wird.« Er legte den Arm um Prudences Schultern, und sie gingen in das Schlafzimmer unmittelbar gegenüber. Prudence tauchte in der Öffnung noch einmal auf, als sie die Tür schloß, und für einen winzigen Augenblick schaute sie Snook in die Augen. Er versuchte zu lächeln, aber seine Lippen versagten den Dienst.

Snook ging in das andere Schlafzimmer. Im Osten flammte die Morgensonne, und er ließ die Jalousie herunter. Er legte sich angezogen auf das Bett, aber die Müdigkeit war plötzlich wie weggeblasen, und es dauerte lange, ehe er aus seiner Einsamkeit in den Schlaf entfliehen konnte.

Am späten Nachmittag wurde Snook von einer lauten, fremden Stimme in seinem Wohnzimmer geweckt. Er stand auf, fuhr sich mit den Fingern durchs Haar und ging hinaus, um nachzusehen.

Der Besucher war Gene Helig, der Journalist. Er unterhielt sich mit Ambrose, Prudence und Quig. Helig, ein hagerer Engländer mit grauem Haar und hängenden Lidern, sah Snook prüfend an.

»Sie sehen miserabel aus, Gil«, sagte er jovial. »In einer solchen Verfassung habe ich Sie noch nie gesehen.«

»Danke. Ich koche Kaffee.«

Quig sprang auf.

»Das habe ich schon gemacht, Gil. Setzen Sie sich hin, ich bringe Ihnen eine Tasse.«

Snook nickte dankbar.

»Vier Tassen, bitte. Ich trinke immer vier Tassen.« Er sank in den Sessel und schaute sich um. Ambrose betrachtete ihn mit besorgter Miene; Prudence schien seine Ankunft nicht zur Notiz zu nehmen.

»Diesmal haben Sie allerhand angestellt«, dröhnte Helig. »Wissen Sie, daß mich zwei Mann von Freeborn beschatten, seitdem ich Ihre Geschichte verbreitet habe?«

»Bitte, Gene.« Snook preßte die Hände auf die Schläfen. »Wenn Sie im normalen Gesprächston reden, verstehe ich Sie sehr gut.«

»Das hat mich davon überzeugt, daß etwas dran sein mußte«, fuhr Helig mit durchdringendem Flüsterton fort. »Ich war mir nicht sicher, wissen Sie, und das hat sich wohl daran gezeigt, wie ich die Meldung geschrieben habe.«

»Trotzdem vielen Dank.«

»Gern geschehen.« Helig sprach mit seiner Stentorstimme weiter. »Jetzt sieht natürlich alles anders aus, seitdem Ihre Gespenster auch in Brasilien und Sumatra aufgetaucht sind.«

»Was?« Snook sah Ambrose fragend an.

Ambrose nickte.

»Ich habe das vorausgesagt. Es kam vielleicht ein wenig früher, als ich dachte, aber man darf den Erdäquator nicht als vollkommenen Kreis sehen. Der ganze Planet wird durch Gezeitenkräfte etwas verformt, und die Erde schwankt natürlich in ihrer Bahn um den Erde-Mond-Schwerpunkt. Ich weiß nicht, wie exakt Avernus dieser Bewegung folgt, und es könnte Vibrationswirkungen geben, die ...« Ambrose verstummte, als Prudence sich zu ihm beugte und die Hand auf seinen Mund preßte. Snook starrte, von Eifersucht verzehrt, in eine andere Richtung.

»Tut mir leid«, sagte Ambrose. »Ich lasse mich immer hinreißen.«

»Das Interesse ist weltweit«, meinte Helig. »Über die großen Satelliten-Sender habe ich heute mehrfach Doktor Ambroses Namen gehört.«

Prudence lachte erfreut und stieß Ambrose an.

»Endlich Ruhm!«

Snook sah einen unergründlichen Ausdruck über Ambroses Gesicht huschen, vielleicht ein Gemisch aus Wehmut und Triumph.

»Heißt das, daß jetzt viele Leute hierherkommen?« fragte Quig, der den Kaffee hereinbrachte.

»Das bezweifle ich«, meinte Helig gelangweilt. »Das Büro des Präsidenten hat alle neuen Visa auf unbestimmte Zeit wegen des Zwischenfalls mit Kenia storniert. Von den Staaten aus ist man schneller in Brasilien als hier, nicht?« Helig lachte. »Wie kommt ihr überhaupt voran? Wenn diese Gespenster wirklich Bewohner einer anderen Welt sind, glauben Sie dann, daß wir je mit ihnen sprechen können?«

»Wir hatten gehofft, auf dem richtigen Weg zu sein, aber das Problem ist natürlich schwierig«, sagte Ambrose vorsichtig.

Helig blickte auf seinen Armbandrecorder.

»Na los, Doktor – eine Beichte tut der Seele gut.«

»Es ist noch zu früh«, sagte Snook plötzlich. »Kommen Sie morgen oder übermorgen, dann haben wir vielleicht etwas Gutes für Sie.«

Als Helig gegangen war, folgte Ambrose Snook in die Küche, wo er frischen Kaffee kochte.

»Haben Sie das gemeint, was ich vermute?« fragte Ambrose leise.

»Ich denke schon.« Snook spülte die Tassen im Spülbecken aus.

»Ich bin Ihnen dankbar.« Ambrose griff nach einem Tuch und begann die Gläser ungeschickt abzutrocknen. »Hören Sie, ich möchte nicht, daß Sie das falsch auffassen, aber wissenschaftliche Mitarbeiter werden bezahlt wie alle Arbeiter. Ich weiß, daß Sie

Ihre eigenen Gründe hatten, hier einzusteigen, aber ich möchte das gern auf eine geschäftliche Grundlage stellen, wenn . . .«

»Es gibt etwas, was Sie für mich tun könnten«, sagte Snook.

»Nämlich?«

»Irgendwo in Malaq liegt ein kanadischer Paß, der mir gehört – ich hätte ihn gern wieder.«

»Ich glaube, das kann ich erledigen.«

»Es könnte Sie einiges an Provision kosten, wie man das nennt.«

»Keine Sorge, wir bringen Sie schon auf irgendeine Weise aus Barandi heraus. Übrigens wird das Experiment morgen dem heutigen ganz unähnlich sein.«

»Wieso das?«

»Ich habe mir die Pläne angesehen. Dort, wo sich morgen der Totpunkt befindet, gibt es keinen Stollen. Wir müssen den Avernier an derselben Stelle wie beim letztenmal abfangen. Er wird in diesem Stadium ziemlich schnell hochsteigen, aber wenn Sie Lust haben, wird es wieder eine Gelegenheit geben, sobald er herunterkommt.«

»Wir unterstellen einfach, daß er da sein und auf uns warten–«

»Das können wir auch. Das Wesen reagiert enorm schnell – kein Mensch hätte das geschafft. Ich vermute, daß wir es mit einer Rasse zu tun haben, die uns in vieler Beziehung überlegen ist.«

»Das würde mich nicht wundern, aber glauben Sie wirklich, daß ich eine Art telepathischer Botschaft empfangen werde, wenn unsere Gehirne denselben Raum einnehmen?«

Ambrose hob die Schultern.

»Was passieren wird, kann kein Mensch voraussagen, Gil. Das Wahrscheinlichste nach unserer Wissenschaft – der orthodoxen Wissenschaft nämlich – ist, daß gar nichts geschehen wird. Ihr Gehirn hat schließlich schon denselben Raum wie avernisches Gestein eingenommen, und Sie haben keine Kopfschmerzen bekommen.«

»Da haben Sie ein unglückliches Beispiel gewählt.« Snook preßte zwei Fingerspitzen vorsichtig auf eine pulsierende Ader an der Schläfe, so, als messe er seinen Puls.

»Warum trinken Sie soviel?«

»Damit ich schlafen kann.«

»Eine Frau wäre besser«, meinte Ambrose. »Das Ergebnis ist das gleiche, aber die Nebenwirkungen sind angenehmer.«

»Wir haben über das Telepathie-Experiment gesprochen«, sagte Snook. »Sie glauben, daß nichts geschehen wird?«

»Das habe ich nicht gesagt. Der Haken an der Sache ist, daß wir so wenig über das Thema wissen. Bis vor einigen Jahren, als man endlich die albernen Versuche mit dem Erraten von Kartensymbolen aufgegeben hat, konnte Telepathie zwischen Menschen nicht bewiesen werden. Viele Leute würden sagen, Gehirnstruktur, Denkabläufe und Sprachstruktur einer außerirdischen Rasse müssen der unsrigen so unähnlich sein, daß überhaupt keine Kommunikation stattfinden kann, sei es auf telepathischem Weg oder anders.«

»Aber die Avernier sind keine außerirdischen Wesen, sondern genau das Gegenteil. Wenn sie seit Millionen Jahren ein paar hundert Kilometer unter unseren Füßen existiert haben, könnte die Verbindung schon bestehen. Es könnte so etwas wie Resonanz geben, ein Mittönen, verstehen Sie; die Avernier könnten verantwortlich sein für . . .«

»Gemeinsame Elemente in der Religion? Plutonische Mythologien? Die universelle Vorstellung, die Hölle liege in der Tiefe?« Ambrose schüttelte den Kopf. »Sie gehen weit über den Bereich unserer Untersuchung hinaus, Gil, und das würde ich Ihnen nicht empfehlen. Vergessen Sie nicht, daß die Avernier zwar in der Erde leben, in vieler Beziehung aber weiter von uns entfernt sind als der Sirius. Der fernste Stern, den Sie am Himmel sehen können, gehört wenigstens zu unserem Universum.«

»Und Sie glauben trotzdem, daß sich der Versuch lohnt?«

Ambrose nickte.

»Er hat etwas für sich, was ich nicht unbeachtet lassen kann.«

»Nämlich?«

»Der Avernier selbst schien der Meinung zu sein, daß er gelingen würde.«

Als man in der Dunkelheit vor Tagesanbruch den Weg zum Bergwerk einschlug, bemerkte Snook, daß Prudence im Bungalow geblieben war, und es beschäftigte ihn, daß weder sie noch Ambrose sich dazu geäußert hatten. Sie waren am Nachmittag nach Kisumu gefahren, um im Hotel zu essen und sich umzuziehen, und waren zurückgekommen wie ein Paar in den Flitterwochen. Die vier Männer, Snook, Ambrose, Quig und Culver, trafen am Tor auf George Murphy, der schon mit den Wachen gesprochen hatte.

»So einen Tag wie gestern ertrage ich nicht mehr«, sagte er. »Ich bin völlig fertig.«

»Sieht man Ihnen aber nicht an. Was war denn?«

»Ich habe an den Diskussionen teilgenommen. Cartier erklärt den Arbeitern immer wieder, daß es keine Gespenster gibt, weil sie sie nicht mehr sehen können, und außerdem seien es gar keine Gespenster gewesen. Die Arbeiter sagen ihm, daß sie wüßten, wann sie ein Gespenst vor sich hätten, und selbst wenn sie sie nicht sehen könnten, so könnten sie sie doch spüren. Ich glaube, Colonel Freeborn verstärkt den Druck auf Cartier.« Snook ging neben Murphy her. »Ich glaube, er verstärkt den Druck auf alle. Die Sache läuft nicht so, wie wir erwartet haben, wissen Sie.«

»Das ist mir klar, Gil. Trotzdem vielen Dank für alles, was Sie tun.«

»Gibt es denn keine Möglichkeit, die Bergarbeiter davon zu überzeugen, daß die Avernier ihnen nichts tun?«

»Sie selbst sind davon überzeugt, aber–«

»Aber ich bin weggelaufen. Verstanden, George.«

Als sie das Halbdunkel hinter dem Wachgebäude erreichten, sah Snook zwei vollbesetzte Jeeps am selben Platz wie gestern stehen. Er setzte die Magniluct-Brille auf und entdeckte den hochmütigen Leutnant.

»Sagen Sie, ist der Leutnant eigentlich mit dem Colonel verwandt?« fragte er Murphy.

Murphy setzte seine Brille auf.

»Ein Neffe, Curt Freeborn. Gehen Sie ihm aus dem Weg. Reden Sie nicht mal mit ihm, wenn Sie es vermeiden können.«

Im selben Augenblick heulten die Jeepmotoren auf, und die Suchscheinwerfer stachen mit ihren Lichtstrahlen in die Gruppe der Fußgänger. Die beiden Fahrzeuge rollten an und umkreisten die Männer langsam, wobei sie manchmal so nah herankamen, daß sie ausweichen mußten.

»Die Fahrzeuge sind offen«, sagte Murphy. »Sie und ich könnten die Fahrer leicht herausreißen.«

»Sie und ich könnten leicht erschossen werden. Das lohnt sich nicht, George.« Snook ging unbeirrt weiter, und die Jeeps kehrten schließlich zu ihren Plätzen zurück. Die Männer erreichten den Aufzug, und Ambrose stellte den Generator ab.

»Morgen früh beschwere ich mich bei den Behörden«, sagte er empört. »Meine Geduld mit diesen Kerlen hat ein Ende.«

»Fahren wir hinunter«, schlug Snook vor und tauschte mit Murphy einen Blick, »zu dem Teufel, den wir nicht kennen.«

»Ich habe Ihnen gesagt, daß das die falsche Einstellung ist.« Ambrose hob den Kasten auf und ging zum Korb.

»Der höhlenartige Tunnel von Sohle Drei entnervte Snook nicht so stark, wie er erwartet hatte, vor allem deshalb, weil er sich als Teil einer Gruppe empfand, die in Übereinstimmung mit sich selbst handelte.

»Noch etwa zehn Minuten«, sagte Ambrose, von seinem Kleincomputer aufsehend. »Vergessen Sie nicht, Gil, Sie stehen in keiner Weise unter Druck. Das Ganze ist eigentlich nur ein Hilfsexperiment – ich verlasse mich vor allem auf den Impuls-Modulator –, und Sie gehen nur so weit, wie Sie glauben, es schaffen zu können. Okay?«

»Okay.«

»Gut. Achten Sie vor allem auf Dachkonstruktionen, die auftauchen. Gestern ist Ihnen das entgangen, aber man weiß dann frühzeitig Bescheid.« Ambrose erhob die Stimme. »Wenn Sie Zeit dafür haben, machen Sie Skizzen auf den Blöcken, die ich Ihnen gegeben habe. Die Dachkonstruktion verrät uns auch etwas über die Avernier selbst – etwa ob es bei ihnen Regen gibt oder nicht –, also sollten alle auf die Einzelheiten achten.«

Snook lehnte sich an die Stollenwand und wartete. Er dachte an Prudence Devonald und stellte sich vor, wie sie in seinem Arm lag ...

Eine leuchtende blaue Linie tauchte am Boden des Stollens auf. Binnen Sekunden wurde sie zu einer dreieckigen Erhebung. Snook konzentrierte sich so darauf, daß er George Murphy neben sich kaum bemerkte. Murphys rauhe Hand suchte die seine und drückte ihm einen kleinen Gegenstand hinein, der sich anfühlte wie Elfenbein.

»Nehmen Sie«, flüsterte Murphy. »Das hilft vielleicht.«

Snook war betäubt.

»Was ist das? Ein Amulett?«

»Ich bin doch kein Wilder«, sagte Murphy beleidigt. »Kaugummi!« Er zog sich zurück, als eine schwach leuchtende Dachstruktur auftauchte, die mit ihren First- und Querbalken erstaunlich vertraut wirkte. Snook steckte den Kaugummi in den Mund und genoß den vertrauten Minzgeschmack, während er in einen verschwommenen Raum hinabsank, wo ihn drei Avernier mit zukkenden Mündern erwarteten. Zwei der durchsichtigen Wesen hatten längliche Maschinen dabei, und plötzlich gab es Geräusche – traurige, miauende, fremde Geräusche, die aus dem Gerät drangen, das Culver schleppte. Auch eine menschliche Stimme war zu vernehmen, aber Snook konnte den Sprecher nicht erkennen, denn der dritte Avernier kam mit ausgestreckten Armen auf ihn zu.

Das halte ich nicht aus, dachte Snook. Das ist zuviel. Der Geschmack des Kaugummis in seinem Mund verstärkte sich und erinnerte ihn daran, daß er in seiner schweren Prüfung nicht allein war, und als die Bodenflächen miteinander verschmolzen, trat er ergeben auf den Avenier zu.

Das körperlose Gesicht näherte sich dem seinen, die Nebellöcher von Augen wurden größer. Snook beugte den Kopf nach vorn und unterwarf sich. Es gab eine Verschmelzung.

Snook ächzte überrascht, als sein Ich ... *verlorenging.*

Tiefer Friede der laufenden Welle.

Ich bin Felleth. Meine Funktion in der Gesellschaft ist die des Antworters – was bedeutet, daß ich anderen Rat gebe, ihnen sage, was zu tun ist oder was als nächstes geschehen soll. Nein, euer Begriff vom Orakel trifft das nicht, meine Aufgabe ist eine entgegengesetzte. Ein Orakel würde auf kommende Ereignisse hinweisen und es seinen Zuhörern überlassen, ihre eigenen – vielleicht unrichtigen – Antworten darauf zu finden. Da der Begriff der Voraussage ungültig ist, wenn man über die Kausalität des zur Reife gelangenden Samenkorns oder des zu Boden stürzenden Steins hin-

ausgeht, kommt es nur darauf an, die Bedeutung des bereits Geschehenen zu erkennen und unfehlbaren Rat darüber zu geben, wie man reagieren muß . . .

Orakel. Logischer Pfeil, auf verwandten Begriff weisend. Die Sterne deuten die Zukunft. Wahr wie die Sterne über uns. Astra. Dis-astra.

Desaster!

Warte, warte, warte! Ich leide.

Die Sterne in ihren Bahnen. Planeten? Plural? Zyklisch? Was ist ein Jahr?

Nein! Dein Begriff von der Zeit ist unzutreffend. Die Zeit ist ein gespannter Faden zwischen der Vergangenen Unendlichkeit und der Künftigen Unendlichkeit, helle und dunkle Fasern – Nacht und Tag –, die sich abzuwechseln scheinen, obwohl jede kontinuierlich ist. Kontinuierlich, aber verdreht . . .

Warte! Die Schmerzen werden stärker.

Die Sonne, die den Tag spendet. Planeten, Ellipsen, Achsendrehung. Kein Wolkenbruch. Klarer Himmel, viele Sonnen. Logischer Pfeil weist auf verwandten Begriff. Partikel, Anti-Partikel. Richtig – unsere Beziehung fast exakt definiert –, aber da ist noch etwas. Anti-Partikel-Planet, über dem Wolkendach gesehen. Im Jahr 1993 . . .

Verwirrung von Begriffen. Es ist nicht möglich die Zeit anders zu messen als Minus-jetzt oder Plus-jetzt. Und doch . . .

Vor tausend Tagen nahm das Gewicht unserer Ozeane ab. Die Wasser erhoben sich in den Himmel, bis sie das Wolkendach berührten. Dann schwemmten sie die Leute weg. Und ihre Häuser . . .

Du sagst, ich hätte das wissen müssen. Ich hätte es voraussagen sollen.

Du sagst . . .

NEIN!

Der warme Minzgeschmack auf Snooks Zunge wurde wieder real. Er entdeckte, daß er auf hartem Gestein kniete, umringt von besorgten Gesichtern, gestützt von mehreren Händen. Seine Magniluct-Brille war fort, und jemand hatte eine starke Lampe eingeschaltet.

»Alles in Ordnung, Gil?« fragte Murphy.

Snook nickte und stand auf.

»Wie lange war ich weg?«

»Sie waren nicht weg«, sagte Ambrose streng. »Sie sind auf die Knie gestürzt. Da hat George, gegen meine Anweisung, möchte ich betonen, das Licht eingeschaltet, und das Experiment vorzeitig beendet. Außerdem wären wir beinahe blind geworden.« Er sah Murphy an. »Sie wissen, daß man kein starkes Licht einschalten darf, wenn jemand Magniluct-Gläser trägt, George.«

»Ich dachte, Gil ist in Gefahr.«

»Wieso?« Ambrose schüttelte den Kopf. »Na schön, hat ja keinen Zweck. Wir können nur hoffen, daß die paar Sekunden, die wir aufzeichnen konnten, sich lohnen–«

»Augenblick«, sagte Snook. »Was ist mit Felleth? Habt ihr gesehen, wie er reagiert hat?«

»Wer ist Felleth?«

»Der Avernier. Felleth. Habt ihr nicht–?«

»Wovon reden Sie? Was soll das?«

»Ich versuche herauszubekommen, wie lange der Kopf des Averniers – nun, in meinem war.«

»Nur ganz kurz. Ich dachte, ich hätte ihn von Ihnen zurückspringen sehen, dann kam George mit dem Licht–« Culver rieb sich die Augen.

»Ruhe!« zischte Ambrose. »Hat es geklappt, Gil? Haben Sie einen Eindruck vom Namen des Averniers erhalten?«

»Einen Eindruck?« Snook lächelte müde. »Mehr als das. Ich war eine Weile Teil seines Lebens. Deshalb wollte ich wissen, wie lange der Kontakt gedauert hat. Für mich schienen es Minuten, wenn nicht Stunden zu sein.«

»Woran können Sie sich erinnern?«

»Das ist kein guter Ort, Boyce. Irgend etwas ist damit geschehen. Seltsam, aber bevor wir diesmal herunterkamen, hatte ich ein Gefühl–«

»Gil, wir müssen uns sofort damit befassen. Schaffen Sie das noch?«

»Ich denke schon, auch wenn ich ziemlich kaputt bin.«

»Gut.« Ambrose hielt seinen Armbandrecorder Snook an die

Lippen. »Sie sagten schon, daß er Felleth heißt – haben Sie einen Namen für seinen Planeten erfahren?«

»Nein. Sie scheinen ihm keinen gegeben zu haben. Es ist die einzige Welt, die sie kennen, also braucht sie vielleicht keinen. Jedenfalls war der Kontakt nicht von dieser Art – wir haben kein Gespräch geführt.«

»Woran erinnern Sie sich als erstes?«

Snook schloß die Augen.

»Tiefer Friede der laufenden Welle.«

»War das ein Gruß?«

»Ich nehme es an – aber für ihn schien es bedeutsamer zu sein. Ihre Welt scheint hauptsächlich aus Wasser zu bestehen. Der Wind könnte eine Welle einfach nehmen – ach, ich weiß nicht.«

»Na gut. Lassen wir das. Wie ging es weiter?«

»Felleth nennt sich einen ›Antworter‹. Das ist so etwas wie ein Führer, aber er sieht sich nicht so. Dann gab es ein Argument über Orakel und Voraussagen, das er ganz allein ausfocht. Er sagte, Voraussagen seien unmöglich.«

»Ein Argument? Ich dachte, Sie hätten kein Gespräch geführt?«

»Nein – aber er muß Zugang zu meinen Vorstellungen gehabt haben.«

»Das ist sehr wichtig, Gil. Glauben Sie, daß er von Ihnen ebenso viel erfahren hat wie Sie von ihm?«

»Das weiß ich nicht. Es muß ein Austausch gewesen sein, aber woher soll ich wissen, wer den Vorteil davon hatte?«

»Hatten Sie ein Gefühl, daß Sie zum Sprechen gedrängt werden?«

»Nein. Er schien sogar Schmerzen zu haben.«

»Gut. Weiter, Gil.«

»Er war tief betroffen, von Sternen zu hören. Sie scheinen keine Astronomie zu besitzen. Es gibt eine ständige Wolkendecke – Felleth scheint sie mit einem Dach zu verwechseln. Die Beziehung zwischen Planeten und Sonnen kannte er nicht.«

»Sind Sie sicher? Sie müßten doch eigentlich eine Astronomie entwickelt haben.«

»Wie das?«

»Einfach wäre es nicht, aber es gibt viele Anhaltspunkte. Der Wechsel von Tag und Nacht, die Jahreszeiten–«

»Sie denken nicht so. Felleth wußte nicht, daß seine Welt sich dreht. Er stellt sich Tag und Nacht als weiße und schwarze Färbung eines gespannten Fadens vor. Jahreszeiten haben sie nicht. Jahre haben sie nicht. Für sie ist die Zeit, wie alles andere, linear. Sie haben keine Daten oder Kalender, wie wir sie kennen. Sie zählen die Zeit von der Gegenwart aus vorwärts und rückwärts.«

»Das System wäre zu beschwerlich«, erklärte Ambrose. »Man braucht feste Bezugspunkte.«

»Wie, zum Teufel, wollen Sie das wissen?« fragte Snook scharf. »Woher wollen Sie wissen, wie die Leute denken? Wissen Sie überhaupt, wie andere Menschen denken?«

»Tut mir leid Gil, aber lassen Sie sich nicht ablenken – woran können Sie sich noch erinnern?«

»Nun, so ungefähr das einzige, das ihn nicht überraschte, war die Erklärung der beiden Universen, die ich von Ihnen habe. Er sagte: ›Partikel. Anti-Partikel. Richtig. Unsere Beziehung fast exakt definiert‹.«

»Das ist interessant – Atomphysik, aber keine Astronomie. Aber er hat eine kleine Einschränkung gemacht, wie?«

»Ja. Dann kam etwas über die Zeit. Und Thorntons Planet tauchte auch auf–« Snooks Stimme stockte.

»Was ist denn?«

»Mir ist eben eingefallen ... An dieser Stelle regte er sich ernsthaft auf ... Er sagte, vor tausend Tagen sei etwas geschehen. Ich hatte aber das Gefühl, daß er nicht genau tausend Tage meinte – wir sagen ja auch vor einem Jahr, wenn wir elf oder zwölf oder dreizehn Monate meinen.«

»Was war da, Gil? Hat er von Gezeiten gesprochen?«

»Sie wußten es!«

»Weiter, Gil«, drängte Ambrose.

»Vor tausend Tagen sei das Gewicht ihrer Ozeane geringer geworden. Die Wasser hätten sich in den Himmel erhoben, bis sie das Wolkendach berührten, und die Leute und ihre Häuser weggeschwemmt.«

»Das bestätigt alle meine Behauptungen«, sagte Ambrose ruhig. »Ich werde bekannt sein. Von jetzt an werde ich bekannt sein.«

»Wer redet von Ihnen? Was ist auf Avernus geschehen?«

»Ganz klar. Thorntons Planet ist aus demselben Stoff wie Avernus und konnte ihn deshalb aus seiner Bahn ziehen. Die Gezeitenwirkungen mußten natürlich gewaltig sein, und wir wissen schon, daß Avernus eine Wasserwelt ist–«

Snook preßte die Hände auf die Schläfen.

»Die meisten sind ertrunken.«

»Natürlich.«

»Aber das sind wirkliche Menschen! *Sie* scheint das nicht zu kümmern.«

»Das ist es nicht, Gil. Wir können nur einfach nichts tun. Niemand kann ihnen helfen.«

Snook packte Ambrose an den Rockaufschlägen.

»Da ist noch mehr, nicht wahr?«

»Sie sind überfordert, Gil. Vielleicht sollten wir ein andermal darüber reden.«

»Nein, jetzt!«

»Also gut. Was geschah, nachdem der Avernier von Thorntons Planeten erfahren hatte?«

»Ich ... Er sprach von Voraussagen, glaube ich. Dann schrie er plötzlich: ›Nein!‹ Schreien ist nicht das richtige Wort – es war kein Laut – aber er schien große Schmerzen zu haben.«

»Das ist faszinierend«, sagte Ambrose. »Die Anpassungsfähigkeit und Schnelligkeit seines Gehirns ist – es gibt einfach kein anderes Wort dafür – übermenschlich. Und dazu die Wirksamkeit seiner telepathischen Übertragung. Wir haben ganz neue Studiengebiete eröffnet.«

»Warum hat Felleth geschrien?«

Ambrose löste sich aus Snooks Griff.

»Ich versuche ja, es Ihnen zu erklären, Gil. Sie erinnern sich doch, gehört oder gelesen zu haben, daß Thorntons Planet von unserer Sonne eingefangen wurde? Von der Bahn, in die er eingeschwenkt ist?«

»Ich weiß nicht. Da war etwas von einer Präzessions-Bahn ...

Und daß der Planet zurückkehren wird. In achtundneunzig Jahren, nicht?«

»Weiter. Es ist wichtig für uns, herauszubekommen, ob sie vielleicht doch wissen, was geschehen wird.«

Snook dachte nach, die Neuralverbindungen stellten sich her, dann erfüllte ihn tiefe Traurigkeit.

»Wenn Thorntons Planet zurückkommt«, sagte er dumpf, »glauben sie, daß er die Erde durchdringen wird.«

»Richtig, Gil. Sie haben es also doch gewußt.«

»Aber inzwischen müßte sich Avernus von der Erde getrennt haben.«

»Um eine kurze Entfernung, und auch das nur, wenn die jetzige Geschwindigkeit beibehalten wird. Auf jeden Fall spielt das keine Rolle – der Abstand wird selbst beim Verfehlen so gering sein, daß die Katastrophe ebenso vollständig ist wie bei einem direkten Zusammenprall.« Ambrose sah die anderen der Reihe nach an. »Die Erde wird natürlich nicht betroffen sein.«

»Glauben Sie, daß Felleth das alles erkannt hat? Daß er deshalb aufgeschrien hat?«

»Ich würde sagen, ja. Sie haben dem Avernier mitgeteilt, daß seine Welt und alles auf ihr in knapp einem Jahrhundert vernichtet werden wird.«

9

Snook erholte sich, als er frische Luft in sich hineinsog und die Sonne sah. Diese Welt, seine Welt, wirkte erfreulich sicher und unveränderbar, und er konnte beinahe den Gedanken verdrängen, daß binnen weniger Stunden eine andere Welt ins Licht heraufkommen würde. Eigentlich war es falsch, sich vorzustellen, daß Avernus und seine Bewohner ins Licht vorstießen, denn für sie würde es die gelbe Sonne der Erde nicht geben. Es war eine wäßrige, dunstige Welt – eine blinde Welt – mit ihren steilen Dächern und Steinmauern auf der Kette von Äquatorinseln . . .

Das Bild tauchte in ihm plötzlich mit solcher Klarheit auf, daß er augenblicklich sicher war, es von Felleth erhalten zu haben. Es war ein Nachbild, ein Rest der seltsamen geistigen Berührung, die kurze Zeit zwei Universen, zwei Wirklichkeiten überbrückt hatte. Er blieb stehen.

»Alles in Ordnung, Gil?« sagte Ambrose.

»Gewiß. Ich habe mir nur Gedanken über das avernische Universum gemacht. Sie haben bewiesen, daß es in unserer Sonne noch eine Anti-Neutrino-Sonne gibt – heißt das, daß es bei den anderen Sternen in der Galaxis ebenso ist?«

»Selbst für eine Vermutung reichen die Hinweise nicht aus. Es gibt ein sogenanntes Prinzip des Mittelmaßes, wonach die örtlichen Bedingungen in unserem Sonnensystem als allgemein geltend angesehen werden müssen, so daß auch die anderen Sterne in der Galaxis Anti-Neutrino-Sonnen haben sollten. Ich weiß aber nicht, welche Durchschnittsdichte die Materie im Avernischen Universum hat. Es könnte sein, daß in unserer Galaxis nur eine Handvoll solcher Sonnen verstreut ist.«

»Kaum genug für einen Grabkranz.«

»Grabkranz?«

»Die Avernier müssen sterben, nicht wahr?«

Ambrose senkte warnend die Stimme.

»Engagieren Sie sich da nicht persönlich, Gil – das könnte problematisch werden.«

Die Ironie, sein Lebensbekenntnis aus dem Mund eines anderen Menschen zu hören, entging Snook nicht. Er lachte trocken und ging zum Tor. Er bemerkte kaum, daß in seiner Nähe eine leere Flasche zerschellte und ein Soldat höhnisch lachte.

»Keine Sorge, das notiere ich alles«, sagte Ambrose. »Diese Banditen werden sich noch wundern.«

Sie gingen zu Snooks Bungalow und sahen unterwegs an den Häusern der Bergarbeitersiedlung viele Männer herumstehen, die Murphy und Snook grüßten.

»Es wundert mich, daß noch so viele Leute hier sind«, sagte Snook zu Murphy.

»Es bleibt ihnen nichts anderes übrig«, erwiderte Murphy. »Die Leoparden überwachen alle Straßen.«

Am Bungalow wollte Snook aufsperren, aber die Tür öffnete

sich und Prudence kam heraus, ging mit einem Murmeln an ihm vorbei und auf Ambrose zu. Die beiden küßten sich. Snook sah eifersüchtig zu, schwieg aber und zuckte nicht mit der Wimper.

»Rührend«, hörte er sich sagen. »Wir müssen mindestens zwei Stunden weggewesen sein.« Die einzig sichtbare Wirkung schien zu sein, daß Prudence sich fester an Ambrose schmiegte.

»Ich bin einsam gewesen«, flüsterte sie Ambrose zu, »und ich habe Hunger. Frühstücken wir im Hotel.«

»Ich wollte eigentlich hierbleiben, Pru«, sagte Ambrose verlegen. »Es gibt soviel zu tun.«

»Kannst du das nicht im Hotel erledigen?«

»Nur, wenn Gil auch mitkommt. Er ist jetzt der Star.«

»Wirklich?« Prudence sah Snook ungläubig an. »Na, dann–«

»Ich denke nicht daran, so nach Kisumu zu fahren«, sagte er und berührte sein kurzgeschorenes Haar. Murphy, Quig und Culver grinsten sich an.

»Essen können wir später«, sagte Ambrose hastig und zog Prudence ins Haus. »Wir haben sogar allen Grund, zu feiern – vorhin haben wir wissenschaftliche Geschichte gemacht. Warte nur, bis ich dir erzähle–« Begeistert zerrte er Prudence ins Zimmer.

Snook ging in die Küche, schaltete die Kaffeemaschine ein und spritzte sich kaltes Wasser ins Gesicht. Als er mit einer vollen Tasse ins Wohnzimmer kam, besprachen die anderen den Erfolg des Experiments.

»Wir haben Kaffee oder Gin«, sagte Snook. »Bedient euch.«

»Für mich nichts«, sagte Ambrose. »Es gibt so viel zu tun, daß ich nicht weiß, wo ich anfangen soll, aber gehen wir zuerst einmal Gils Tonband durch.« Er nahm den Armbandrecorder ab und legte ihn in den Verstärker. »Passen Sie gut auf, Gil, vielleicht fällt Ihnen dabei noch etwas ein.« Er drückte auf einen Knopf, und Snooks Stimme füllte das Zimmer.

»Tiefer Friede der laufenden Welle.«

Prudence, die auf Ambroses Stuhllehne saß, begann zu lachen.

»Verzeihung«, sagte sie, »aber das ist albern. Das ist einfach zuviel.«

Ambrose schaltete ab und sah sie vorwurfsvoll an.

»Bitte, Pru – das ist wichtig.«

Sie schüttelte den Kopf und betupfte die Augen.

»Ich weiß, und es tut mir leid, aber ihr scheint mir nur bewiesen zu haben, daß die Avernier Kelten sind. Und das ist einfach lächerlich.«

»Was meinst du damit?«

»›Tiefer Friede der laufenden Welle‹ – das ist die erste Zeile eines alten keltischen Segensspruches.«

»Bist du sicher?«

»Ganz sicher. Meine Zimmerkollegin im College hatte den Spruch am Spind hängen. ›Tiefer Friede der laufenden Welle für dich; tiefer Friede der strömenden Luft; tiefer Friede ...‹ Ich konnte das früher auswendig.« Prudence lächelte Snook herausfordernd an.

»Ich habe das noch nie gehört«, sagte er.

»Kann ich nicht verstehen.« Ambrose sah Snook mit zusammengekniffenen Augen an. »Es wäre aber möglich, daß Sie die Worte vor langer Zeit irgendwie gehört und im Unterbewußtsein gespeichert haben.«

»Na und? Ich habe doch gesagt, daß Felleth und ich kein Gespräch geführt haben. Ich empfing Vorstellungen von ihm – und so drückte sich die erste für mich aus.«

»Seltsam, diese Übereinstimmung, aber es muß eine Erklärung geben.«

»Ich gebe euch eine«, sagte Prudence. »Mr. Snook hatte keine Stellung, und da er ein einfallsreicher Mensch ist, hat er sich eine geschaffen.«

Ambrose schüttelte den Kopf.

»Das ist nicht fair, Pru.«

»Mag sein, aber du bist Wissenschaftler, Boyce. Was für einen konkreten Beweis hast du, daß dieses großartige telepathische Erlebnis echt war?«

»Es gibt genug Hinweise dafür.«

»Es ist mir völlig gleichgültig, ob mir jemand glaubt oder nicht«, warf Snook ein, »aber ich wiederhole, daß ich mit Felleth kein gewöhnliches Gespräch geführt habe. Ein Teil war in Worten, sonst hätte ich keinen Namen für ihn, aber vieles kam in Vorstellungen, Gefühlen und Bildern. Avernus besteht zum größten Teil aus Wasser. Ringsumher ist Wasser, ständig weht ein Wind, und die Avernier scheinen es zu schätzen, daß Wellen den Planeten umlaufen. Für sie bedeutet das offenbar Befriedigung oder Frieden oder dergleichen.«

Ambrose machte sich eine Notiz.

»Das haben Sie vorher nicht erwähnt, Gil. Jedenfalls nicht mit solchen Einzelheiten.«

»So geht das eben. Ich könnte einen Monat lang reden und mich dann immer noch an zusätzliche Dinge erinnern. Vorhin ist mir eingefallen, wie ihre Häuser aussehen – nicht das Haus, von dem wir ein Stück gesehen haben, sondern ein allgemeiner Eindruck von allen ihren Gebäuden.«

»Weiter, Gil.«

»Sie sind aus braunem Stein und haben lange, steile Dächer . . .«

»Hört sich für mich wie ganz gewöhnliche Häuser an«, sagte Prudence mit spöttischem Lächeln.

»Warum gehen Sie nicht hin und–« Snook verstummte, als sein Inneres von einem überaus klaren Bild erfüllt wurde: eine Inselkette, jede praktisch ganz bedeckt mit einem weitläufigen Vielzweckgebäude, das sich zu einer einzigen Dachspitze in der Mitte erstreckte. Die Bilder der Inselbehausungen spiegelten sich in ruhigen, grauen Meeren und erzeugten eine Reihe von horizontal verlängerten Rhomben. Vor allem einer stach durch einen seltsamen Doppelbogen hervor, zu groß, um nur zweckbestimmt zu sein.

»Das bringt uns nicht weiter«, sagte Ambrose ungeduldig.

»Genau.« Prudence stand auf und sah Murphy hochmütig an. »Im Ort gibt es ja wohl etwas zu essen, oder?«

Murphy sah sie zweifelnd an.

»Um diese Zeit ist allenfalls das ›Cullinan House‹ offen, aber da sollten Sie nicht hingehen.«

»Das kann ich durchaus allein entscheiden.«

Murphy zuckte die Achseln und wandte sich ab.

»George hat recht – da sollten Sie nicht allein hingehen«, meinte Snook.

»Vielen Dank für die gespielte Sorge, aber ich kann mich gut um mich selbst kümmern.« Sie drehte sich auf dem Absatz um und verließ das Zimmer. Kurz darauf hörten sie die Haustür zufallen.

»Boyce, Sie sollten sie aufhalten«, sagte Snook.

»Was hat das mit mir zu tun?« fragte Ambrose gereizt. »Ich habe sie nicht aufgefordert, sich dieser Gruppe anzuschließen.«

»Nein, aber Sie–« Snook entschied, daß es zuviel von seinen eigenen Gefühlen verriet, wenn er betonte, daß die beiden in einem Bett gelegen hatten. »Sie haben sie auch nicht zurückgewiesen.«

»Gil, falls es Ihnen noch nicht aufgefallen sein sollte, Prudence Devonald ist eine sehr harte, emanzipierte junge Frau, und ich glaube ihr, wenn sie sagt, daß sie mit allem fertig wird. Herrgott noch mal, haben wir nicht Wichtigeres zu tun?«

»Ich hätte da eine gute Aufnahme von einer avernischen Dachkonstruktion«, warf Quig beschwichtigend ein.

Ambrose griff nach dem Bild und studierte es.

»Danke – das wird sehr nützlich sein. Also, spielen wir das Band noch einmal ab.« Er drückte auf einen Knopf und konzentrierte sich auf die Worte.

Snook ging im Zimmer herum, trank Kaffee und versuchte es ihm gleichzutun, aber nach zehn Minuten stellte er die Tasse ab.

»Ich habe Hunger«, sagte er. »Ich gehe essen.«

Ambrose blinzelte ihn erstaunt an.

»Wir können später essen, Gil.«

»Ich habe jetzt Hunger.«

Murphy drehte sich am Fenster um.

»Ich habe hier nicht viel zu tun – ich glaube, ich gehe mit.«

»Guten Appetit«, sagte Ambrose sarkastisch und beugte sich wieder über seine Notizen.

Snook nickte und ging hinaus. Er und Murphy schlenderten den Hügel hinunter und erreichten die Seitenstraße, in der das ›Cullinan House‹ stand. Wie Snook beinahe erwartet hatte, stand ein Jeep vor dem Gebäude. Er wechselte mit Murphy einen Blick, und sie gingen schneller. Sie erreichten den Eingang und sahen einen jungen Asiaten mit weißem Schurz auf einem Bierfaß sitzen und eine Zigarre rauchen.

»Wo ist das Mädchen?« fragte Snook.

»Hier.« Der Junge deutete nervös auf eine Tür. »Aber ihr geht besser nicht hinein.«

Snook öffnete die Tür. An der Innenwand befand sich eine Bar, davor standen kleine, runde Tische und Bambusrohrstühle. Zwei Soldaten lehnten an der Theke, Biergläser in der Hand, die Uzi-Maschinenpistolen neben sich auf Barhockern. Auf einem Tisch war fürs Frühstück gedeckt, und Prudence stand davor. Ein Unteroffizier hielt ihre Arme fest. Leutnant Curt Freeborn stand ganz nah vor ihr und wollte eben ihre Bluse öffnen. Er erstarrte kurz, als Snook mit Murphy hereinkam.

»Prudence!« sagte Snook mit leichtem Vorwurf in der Stimme. »Sie haben ja ohne uns angefangen.« Er ging auf den Tisch zu, nahm wahr, daß die Soldaten nach ihren Waffen griffen, verließ sich aber auf sein sanftes Verhalten. Freeborn blickte auf Tür und Fenster und lächelte, als er sah, daß Snook und Murphy allein waren. Er wandte sich wieder Prudence zu und löste bedächtig den Knoten, mit dem sie die Bluse unten zusammengebunden hatte. Prudences Gesicht war blaß und starr.

»Ihr Freund und ich – wir kennen uns bereits«, sagte Freeborn zu ihr. »Er macht gern spaßige Bemerkungen.« Er legte die Hände auf ihre Schultern und streifte die Bluse ab.

Snook blickte auf den Tisch und sah nichts, was einer Waffe glich – selbst das Besteck war aus Kunststoff.

»Leutnant«, sagte er ruhig, »das erlaube ich Ihnen nicht.«

»Die Bemerkungen werden immer spaßiger.« Freeborn zog ein Halteband des Büstenhalters über Prudences Schulter. Der Unteroffizier grinste.

Murphy trat einen Schritt vor.

»Ihr Onkel wird das nicht spaßig finden.«

»Mit dir befasse ich mich später, Kerl«, sagte Freeborn und drehte den Kopf ein wenig zur Seite.

Snook nützte diesen Augenblick der Ablenkung, sprang vor und hoch, legte den linken Arm um Freeborns Hals und hatte, als er wieder landete, den Leutnant in einer sicheren Kopfzange. Die Soldaten an der Theke traten vor, die Waffen im Anschlag. Snook griff mit der rechten Hand zu einer Gabel und rammte die Zinken in die Augenhöhle Freeborns. Freeborn zuckte hoch und versuchte sich loszureißen.

»Lieber nicht, Leutnant«, sagte Snook, »sonst sind Sie Ihr Auge los.«

Freeborn stieß einen Schrei voll Zorn und Qual aus, als Snook die Gabel tiefer in die Augenhöhle drückte. Der Unteroffizier stieß Prudence weg, und die Soldaten beförderten die Tische mit Tritten aus ihrer Bahn.

»Und sagen Sie Ihren Leuten, sie sollen die Waffen weglegen und sich zurückziehen«, meinte Snook.

Einer der Soldaten hob die Waffe und zielte auf Snooks Kopf. Snook drehte die Gabel ein bißchen und spürte Blut an seinen Fingern.

»Zurück, ihr Idioten!« Freeborns Stimme klang hysterisch. »Tut, was er sagt!«

Die beiden Soldaten legten die Maschinenpistolen auf den Boden und wichen zurück, gefolgt von dem Unteroffizier. Freeborns Hände flatterten an Snooks Beinen auf und ab.

»Hinter die Theke legen«, sagte Snook zu den Männern.

Murphy hob eine der Waffen auf.

»Gil, hinter der Bar ist ein kleiner Lagerraum.«

»Noch besser. Wir brauchen auch die Schlüssel für den Jeep.«

Snook wandte sich Prudence zu, die mit zitternden Händen ihre Bluse verknotete. »Wenn Sie hinausgehen wollen – wir kommen gleich nach.«

Sie nickte stumm und rannte hinaus. Snook behielt Freeborn fest im Griff, die Gabel in der Augenhöhle, und führte ihn zum Lagerraum. Murphy hatte eben die Soldaten hineingezwängt. Er trug die Maschinenpistole auf eine Art, die Vertrautheit mit solchen Waffen verriet. Snook trieb den Leutnant zu seinen Untergebenen hinein.

»Das nehmen wir lieber mit, Gil.« Murphy zog Freeborn die Pistole aus der Tasche. Freeborn fluchte halblaut vor sich hin. Snook gab ihm einen letzten Stoß und warf die schwere Tür zu. Murphy drehte den Schlüssel herum, rannte hinter der Theke hervor und hob die beiden anderen Maschinenpistolen auf.

»Wollen wir die?« sagte Snook zweifelnd.

»Wir brauchen sie.«

Snook kletterte über die Bar.

»Sieht die Sache nicht anders aus, wenn wir Waffen stehlen? Bis jetzt haben wir ja nichts anderes getan als Prudence vor einer Vergewaltigung zu retten.«

»Selbst wenn wir die Jungfrau Maria verteidigt hätten, würde das nichts ändern.« Murphy lächelte kurz über die Schulter, als sie an dem Barmann vorbei zum Jeep gingen. »Ich dachte, Sie kennen dieses Land, Gil. Das einzige, was uns hilft, ist, daß der junge Freeborn nicht zu seinem Onkel zu gehen und ihm zu sagen wagt, daß er und drei Leoparden in aller Öffentlichkeit von einem unbewaffneten Weißen überfallen und entwaffnet worden sind. Der Verlust der Waffen macht die Demütigung komplett, weil einem Leoparden nichts Schlimmeres passieren kann.« Murphy warf die Waffen in den Jeep und stieg ein. Snook zwängte sich neben Prudence auf den Fahrersitz und fuhr los.

»Der Colonel ist außerdem ein schwarzer Rassist. Man weiß, daß er sogar den Präsidenten gelegentlich dafür kritisiert, daß er ein weißes Mädchen bevorzugt, also wird der junge Curt eine Weile vorsichtig sein.«

Snook lenkte den Jeep auf die Hauptstraße.

»Sie meinen, er wird nichts unternehmen?«

»Falsch. Es wird nur offiziell nichts unternommen. Wir sollten den Jeep hierlassen, damit niemand vom Militär Anlaß hat, zu Ihrem Haus zu kommen. Die Waffen lege ich unter den Rücksitz.«

»Gut.« Snook brachte das Fahrzeug zum Stehen, und sie stiegen aus, ohne die neugierigen Blicke der wenigen Passanten zu beachten.

Prudence, die kein Wort gesagt hatte, war noch immer blaß, schien ihre Fassung aber wiedergefunden zu haben. Als sie über die Straße gingen, fuhr ein Sportwagen mit knappem Abstand vorbei, und Snook griff instinktiv nach Prudences Arm. Er hatte damit gerechnet, daß sie sich losreißen würde, aber zu seiner Überraschung lehnte sie sich fast mit ihrem ganzen Gewicht gegen ihn. So überquerten sie die Straße, und er führte sie in den Eingang eines leeren Ladens, wo sie sich an die Wand lehnte und zu schluchzen begann.

»Kommen Sie«, sagte Snook verlegen, »ich denke, Sie sind ein harter Typ.«

»Es war furchtbar. Der Leutnant ... Er war fast noch ein Junge ...«

Snook sah Murphy hilflos an.

»Ich glaube, wir brauchen alle einen Schluck.«

»Ich bin seziert worden«, wimmerte sie. »Festgenagelt und seziert.«

»Ich habe Kaffee oder Gin«, sagte Snook sachlich. »Für Sie würde ich Gin empfehlen. Was meinen Sie, George?«

»Gin ist sehr gut«, sagte George ebenso ruhig. »Gil muß es wissen – er lebt praktisch davon.«

Prudence öffnete die Augen und sah die beiden Männer an, als begegne sie ihnen zum erstenmal.

»Ich dachte, sie bringen euch um. Sie hätten euch umbringen können.«

»Unsinn!« Murphys braunes Gesicht sah sie ungläubig an. »Was niemand ahnte, war, daß Plastikgabeln nur ein Teil von Gils Arsenal sind.«

»Wirklich?«

»Er trägt auch eine Gabel aus rostfreiem Stahl bei sich«, sagte Murphy vertraulich, »in einem Spezialhalfter.«

Snook nickte.

»Früher war es eine Eselskinnlade, aber ich hielt den Geruch nicht aus.«

Prudence begann leise zu lachen, Murphy fiel ein, Snook lachte unsicher, und nach wenigen Sekunden torkelten sie wie Betrunkene herum und weinten Lachtränen, als die Anspannung von ihnen abfiel. Auf dem Weg zum Haus machten sie einen Witz nach dem anderen, in dem nur das Wort ›Gabel‹ oder ›Kinnlade‹ vorzukommen brauchte, um homerisches Gelächter zu erzeugen.

»Bevor ich hineingehe, muß ich etwas sagen«, erklärte Prudence am Eingang. »Wenn ich Ihnen jetzt nicht danke, wird es für mich immer schwerer. Ich bin kein sehr einfacher Mensch–«

»Schon gut«, sagte Snook. »Trinken wir lieber etwas.«

Prudence schüttelte den Kopf.

»Bitte. Ich habe seit Jahren nicht so viel gelacht, und ich weiß, warum Sie mich zum Lachen gebracht haben, aber es wäre ganz und gar nicht komisch gewesen, wenn Boyce Sie mir nicht nachgeschickt hätte.«

Murphy öffnete den Mund, um etwas zu sagen, aber Snook brachte ihn mit einem kaum merklichen Kopfschütteln zum Schweigen.

»Gehen wir lieber hinein«, sagte er. »Boyce wird froh sein, Sie zu sehen.«

Mittags fuhren Snook, Ambrose, Prudence und Quig ins ›Commodore‹ nach Kisumu zum Essen. Ambrose mußte auch Telefongespräche führen, weil sich herausgestellt hatte, daß die Leitung in Snooks Haus defekt war.

»Es gefällt mir nicht, wie sich die Dinge hier entwickeln«, meinte Ambrose unterwegs. »Man spürt die Feindseligkeit, auch ohne das, was Sie mir erzählt haben. Wenn wir in anderer Beziehung nicht soviel Glück gehabt hätten, würde ich am liebsten in ein anderes Land gehen, wo man die Avernier gesehen hat.«

»Lohnt es sich wirklich, hierzubleiben?« fragte Snook. »Warum nicht weiterziehen?«

»Es geht in erster Linie um die Geometrie. Avernus ist jetzt wie ein Rad, das in einem zweiten rollt, und der Kontaktpunkt läuft ständig um seinen Äquator. Die Avernier, die in Brasilien gesichtet worden sind, müssen also ganz andere sein als die Avernier hier – und wir hatten das enorme Glück, Sie mit Felleth zusammenbringen zu können. Das ist die große Attraktion in Barandi. Dadurch habe ich gegenüber allen anderen einen Vorsprung.« Er schwieg kurze Zeit. »Nach unserer Physik müßte das avernische Universum ganz schwach zusammengehalten werden, verglichen mit dem unsrigen. Vor einer Woche hätte ich noch gesagt, es könne nur existieren, weil Anti-Neutrinos verschiedene Massen haben, je nach ihrer Energie, und daß alle Objekte in diesem Universum aus schweren Teilchen bestehen, umgeben von Wolken leichterer Teilchen. Das weist darauf hin, daß ihre Verbindungen nicht durch elektronische Kräfte wie Valenz oder Kovalenz gebildet werden. Die Schwäche der Wechselwirkungen würde bedeuten, daß alle Körper in diesem Universum – selbst die Avernier – viel – äh – statistischer sind als wir.«

»He!« sagte Quig aufgeregt. »Sie meinen, ein Avernier müßte fähig sein, durch einen anderen einfach hindurchzugehen? Oder durch eine Wand?«

Ambrose nickte.

»Das war das alte Bild, aber wir haben erfahren, daß es nicht stimmt. Gil sprach von Steingebäuden und Inseln und Meeren, also scheint die Welt eines Averniers für ihn genauso wirklich, fest und massiv zu sein wie die unsrige für uns. Wir müssen noch verdammt viel lernen, und die beste Informationsquelle scheint Felleth zu sein. Felleth im Verein mit Gil, versteht sich. Deshalb möchte ich hier ungern fort.«

Snook starrte eine Weile vor sich hin, dann klopfte er Boyce auf die Schulter.

»Sie erinnern sich doch an den Satz Felleths von den Partikeln und Anti-Partikeln, nicht?«

»Ja.«

»Da hat sich noch etwas Neues ergeben für mich. Ich verstehe es nicht genau, aber ich habe eine Art Bild von dem Ausdruck, der eine Würfelkante darstellt, nur handelt es sich nicht um einen gewöhnlichen Würfel. Er scheint in viel mehr Richtungen zu gehen – oder vielleicht ist jede Kante selbst wieder ein Würfel. Ergibt das irgendeinen Sinn?«

»Es klingt, als plagten Sie sich mit dem Begriff des vieldimensionalen Raumes ab, Gil.«

»Und wo ist der Sinn?«

»Ich glaube, Felleth weiß, daß die Beziehung zwischen unserem Universum und seinem nur eine in einem ganzen Spektrum solcher Beziehungen ist. Es mag Universum auf Universum geben – und wir haben nicht die richtige Mathematik, um auch nur erste Überlegungen dazu anzustellen. Verdammt, ich muß einfach in Barandi bleiben, solange ich kann.«

»Na gut«, sagte Snook, »aber wenn wir am Morgen wieder zum Bergwerk zurückfahren, sollten Sie bei der Press Association anrufen und Gene Helig zwingen, mitzukommen. Er ist das einzige für uns, was einer Garantie für freies Geleit gleichkommt.«

10

Sie erreichten den Zecheneingang ohne Schwierigkeiten, vor allem deshalb, weil Murphy sich von Cartier die Erlaubnis hatte geben lassen, ein Fahrzeug mitzubringen.

Hinter dem Wachgebäude standen die gewohnten zwei Jeeps; auch die Suchscheinwerfer wurden eingeschaltet, aber die Fahrzeuge folgten ihnen diesmal nicht. Snook fragte sich, ob die Besatzungen über Gene Heligs Anwesenheit unterrichtet waren. Jedenfalls war er froh darüber, daß Prudence sich entschlossen hatte, im Hotel zu bleiben.

Snook fröstelte, als er ausstieg, schob die Hände tief in die Taschen und ging mit den anderen zu den Aufzugkörben. Ambrose hatte errechnet, daß der Totpunkt für die Avernier knapp über einem der abgebauten Flöze in Sohle Zwei liegen mußte. Kein idealer Ort, weil die Avernier innerhalb von Minuten in der Gesteinsdecke verschwinden würden.

Ambrose hatte die Möglichkeit früherer weitreichender Kontakte telepathischer Art zwischen Averniern und Menschen rundweg ausgeschlossen, aber auch zugegeben, daß er von der Atomphysik nicht übermäßig viel verstand.

Als Snook zu dem Stollen ging, wo die anderen sich versammelt hatten, fragte er sich, ob er die Rolle des Forschers spielen und mit der Theorie einen Schritt weitergehen konnte. Konnte er nach dem ersten Kontakt mit Felleth nun bewußt auch über eine Entfernung hinweg mit ihm in Verbindung treten? So groß war die Distanz nicht, weil Felleth sich in diesem Augenblick irgendwo unter ihm befand und durch die Gesteinsschichten heraufkam. Er blieb stehen, nahm die Magniluct-Brille ab, schloß die Augen und versuchte sein Denken von allen Sinneseindrücken abzuschirmen. Er bemühte sich, ein geistiges Bild von Felleth zu formen und den Namen des Averniers über den Abgrund zu projizieren, der die beiden Universen trennte.

In seinem Gehirn rührte sich nichts. Vor dem Schirm seiner Lider erschien nichts, außer den langsam schwindenden Nachbildern seiner Netzhaut. Die willkürlichen Muster von Pseudo-Licht verschmolzen und vermischten sich miteinander, dann kam es Snook allmählich so vor, als könne er dahinter etwas erkennen. Eine hellgrüne Wand, die keine Wand war, weil sie sich bewegte, immer wieder hochstieg, sich überschlug und in ihre Elemente zerfiel; Durchsichtigkeit, verbunden mit Kraft; ein Gefühl der Festigkeit und Flüssigkeit; ein unwandelbarer Zustand ständigen Wandels ...

Tiefer Friede der laufenden ...

»Kommen Sie, Gil«, rief Ambrose. »Wir sind fast soweit.«

Helig stand neben Snook, den Rollkragen seines Pullovers über das Kinn hochgezogen.

»Ja, kommen Sie zu uns – ohne den Hauptdarsteller geht es nicht.«

Snook blinzelte die beiden an und versuchte, seinen Ärger zu unterdrücken. Hatte er sich selbst etwas vorgemacht? Wie konnte ein Telepath überhaupt zwischen seinen eigenen Gedanken und denen eines anderen unterscheiden?

»Warum so eilig?« fragte er. »Bis die Avernier heraufkommen, können wir ohnehin nichts tun.« Trotzdem ging er mit zu den anderen, wo Ambrose sich mit Quig und Culver beriet.

»Gene, Sie kennen das Land hier besser als die meisten Leute«, sagte Snook. »Wie lange wird Ogilvie die Schließung der Grube dulden?«

»Seltsamerweise verhält sich der Präsident ganz friedlich. Das Aufsehen, das Barandi dadurch zuteil geworden ist, schmeichelt ihm, und er weiß offenbar nicht so recht, was er tun soll. Aber Tommy Freeborn wird unruhig. Sehr unruhig.«

»Glauben Sie, er will dem Ruf des Schicksals folgen?«

»Ich weiß nicht, was Sie damit meinen.«

»Na, hören Sie, Gene – jedermann weiß, daß Freeborn der UNO eine lange Nase drehen, die Grenzen schließen und alle Weißen und Asiaten loswerden möchte.«

»Na schön, aber von mir haben Sie das nicht gehört.« Helig schaute sich um, als erwarte er, Mikrofone aus dem Berg wachsen zu sehen. »Das Geld der klugen Leute verläßt das Land. Ich kann mir nicht denken, daß Tommy Freeborn länger als eine Woche dabei zusieht.«

»Verstehe. Reisen Sie?«

»Gerade, wenn ich endlich was Gescheites zu tun habe?«

»Ihr Presseausweis wird dem Colonel nichts bedeuten.«

»Aber mir bedeutet er etwas.«

»Ich bewundere Ihre Grundsätze«, sagte Snook, »aber ich werde nicht da sein, um mitzuerleben, wie sie in die Praxis umgesetzt werden.« Für ihn stand fest, daß die Zeit gekommen war, weiterzuziehen. Er hatte zwar zugelassen, daß er sich im Leben anderer Menschen engagierte, aber dieser Fehler war zu beheben. Ein Massaker an den Bergarbeitern nach dem Muster von Sharpesville und Soweto schien jetzt unvermeidlich, aber er konnte nichts dagegen tun, und wenn er sich den Kopf darüber zermarterte, ruinierte er sich nur selbst. Die Natur mußte erst ein Nervensystem entwerfen, das fähig war, die Schuld der anderen zu tragen.

Er sah, daß Ambrose auf seine Uhr schaute und mit Handbewegungen andeutete, daß der Totpunkt jeden Augenblick erreicht sein mußte.

»Seitenversetzung knapp ein Meter«, murmelte Ambrose in seinen Recorder. Quigs Kamera begann im Hintergrund zu klicken.

Snook trat vor, eifrig und widerstrebend zugleich, und blieb regungslos stehen, als die schimmernde Linie auftauchte, emporstieg und Scheitellinie eines dreieckigen Leuchtprismas wurde. Es dehnte sich aus, und er konnte die geisterhaften Umrisse der Dachkonstruktion sehen. Als nächstes erschien die Ebene einer Decke, die sich wie die Oberfläche eines unstofflichen Sees über seine Fußknöchel und Knie erhob. Snook kniete nieder, um mit dem Kopf in den Raum der Avernier zu gelangen. Die drei durchscheinenden Gestalten warteten auf ihn, Felleth in der Mitte, aus dem massiven Fels emporwachsend wie Säulen aus bläulichem Rauch.

Felleth trat näher an Snook heran, auf Beinen, die noch unsichtbar waren, die Arme ausgestreckt. Wieder wuchsen die Nebellöcher seiner Augen. Snook neigte den Kopf, und noch vor dem ersten Kontakt sah er die schimmernde Bewegung der meergrünen Wand ...

Tiefer Friede der laufenden Welle.

Ich erbitte Eure Verzeihung, Gleicher Gil. Es war meine Schuld, daß ich nicht verstanden habe, daß Ihr die Selbstdeckung, die Ihr als Telepathie bezeichnet, nicht gewohnt seid. Ein paar unglückliche Angehörige unserer Rasse sind mit der Stille geschlagen, die trennt, und in meiner Eigensucht nahm ich an, daß es Euch nicht anders erginge, weil Ihr nicht gegrüßt habt. Ich war vorhin froh, zu spüren, wie Ihr Verbindung habt aufnehmen wollen, denn es zeigte, daß Ihr durch meinen Fehler keinen Schaden davongetragen habt. Bei dieser Begegnung gebrauche ich nur aufeinanderfolgende Gedankenstrukturen, damit Eure Nervenbahnen nicht überlastet werden. Diese Methode, die wir bei der Unterrichtung unserer Kinder verwenden, mindert das Maß der Informationsübertragung, aber dafür steigert sich die Wirksamkeit, weil Euer Gehirn annähernd normal funktionieren kann.

Ich erbitte auch Eure Nachsicht, weil ich es in meinem blinden Stolz gewagt habe, Euer Steingebäude bewiesenen Wissens gegen meine Schilfhütte von Vermutungen zurückzuweisen. Meine einzige Entschuldigung ist, daß ich schockiert war und starke Schmerzen hatte – in einer Sekunde wurde mir mehr Wissen zuteil, als in der letzten Million Tagen vom Volk gesammelt worden ist, und vieles davon war von einer Art, daß ich glücklicher gewesen wäre, nichts davon zu ahnen. Ich gestehe auch, daß ich verwirrt und erschrocken war von der Weise, wie Ihr aufgetaucht seid. Das Volk kennt viele Legenden über seltsame Wesen, die in den Wolken leben, und als Ihr vom Himmel herabgekommen seid, kam es mir einen Augenblick lang so vor, als hätte sich der alte Aberglaube in seiner ganzen Form bewahrheitet. Das ist natürlich eine schwache Entschuldigung für meine Reaktion, weil die Art Eures Erscheinens schon in sich alle Eure Behauptungen bewiesen hat. Eine Sekunde logischer Überlegung hätte gezeigt, daß die vertikale Verschiebung Eures Körpers durch eine Hypozykloide von planetarischem Maßstab hervorgerufen wurde. Als dieser elementare Schritt einmal getan war, ergaben sich alle anderen Schlüsse von selbst, einschließlich des endgültig letzten, der das Schicksal meiner Welt betrifft.

Snook: Es tut mir sehr leid, daß ich der Überbringer solcher Nachrichten gewesen bin.

Quält Euch nicht. Das geistige Erlebnis war einzigartig, und noch ist das Ende nicht da. Außerdem ist das Wissen, das Ihr mir gegeben habt, gut genützt worden. Ich habe zum Beispiel zur Zufriedenheit des Volkes gewisse beunruhigende Erscheinungen erklären können, die in fernen Ländern aufgetreten sind, alle in der

Nähe der Taggleiche-Linie, die Ihr als Äquator bezeichnet. Manche Personen sind von Visionen erschreckt worden, von Andeutungen über das Ende unserer Welt. Ohne es zu wissen, denn es gab nichts zu sehen, waren sie in Selbstdeckungsreichweite von Wesen Eurer Rasse gekommen, die auf oder in der Nähe Eures Äquators wohnen, und es kam zu einem zufälligen und teilweisen Kontakt.

Aber wieso kann ich Sie und Ihre Begleiter sehen?

Bitte beruhigt Euch – Ihr braucht keine Sätze zu bilden, noch haben wir Zeit für derart mühsame Methoden. Ihr habt einen Begleiter, der etwas von Atomphysik versteht, und es war seine Idee, Euren Körper zu beleuchten, indem er ihn in ein, wie er es nennt, Zwischenvektor-Bosonenfeld stellte. Ich möchte gern mit ihm in Verbindung treten, aber er ist von der Stille umgeben, die trennt, und ich kann ihn nicht erreichen. Es ist schade, daß die Planetenbewegung uns nur so wenig Zeit läßt, aber wenn Ihr willens seid, könnt ihr etwas tun, um uns zu helfen.

Snook: Ich tue alles, was ich kann.

Ich bin dankbar. Sobald wir voneinander getrennt sind, besorgt Ihr bitte Schreibmaterial und bringt es mit, wenn wir uns wieder treffen. Dann kann ich mit dem Gleichen Boyce in Verbindung treten. Außerdem habe ich noch eine sehr wichtige Bitte an Euch und alle anderen Angehörigen Eurer Rasse. Ich habe erfahren, daß Ihr in einer geplagten und geteilten Welt lebt, und damit meine Bitte richtig aufgenommen wird, muß ich Euch genug über mein Volk lehren, um klarzumachen, daß die Erfüllung der Bitte Eure Probleme nicht vergrößert. In wenigen Sekunden werden wir getrennt sein, deshalb muß ich, um meinen Zweck zu erreichen, auf volle Selbstdeckung übergehen. Erschreckt nicht, und versucht in diesem Stadium nicht, Begriffen Sprache zu geben.

Nehmt nur auf ...

... das Volk ist von der Klasse der Säugetiere, vegetarisch (Bilder vieler Avernier, idealisiert/verwandelt durch Felleths Blick; Unterwasser-Farmen; Schwimmer, die Reihen baumartiger Pflanzen pflegen)

... die durchschnittliche Lebensspanne zweiundneunzig von euren/unseren Jahren

... *Verständigung telepathisch, ergänzt durch Sprache. Ausdruck und Geste* (Bilder avernischer Gesichter, idealisiert/verwandelt zur Bedeutung erhoben, grelles weißes Licht der Wahrheit)
... *gesellschaftliche Ordnung paternalistisch, flexibel, formlos – in den irdischen Sprachen keine Entsprechung* (Bilder von Philosophen/Staatsmännern in einem riesigen Steinbau über zwei Inseln hinweg, verbunden durch eine Doppelbogenbrücke)
... *Massenaggression und individuelle Aggression in der neueren Geschichte unbekannt – Besserungsmethode für Mord war freiwilliger Verzicht auf Fortpflanzung von allen Averniern des gleichen genetischen Stammes* (das Bild einer kleinen Welle, die an Schwung verlor und in der Einheit des Meeres unterging)
... *planetarische Bevölkerung zur Zeit 12 000 000, bevor das Gewicht der Meere sich verminderte, jedoch 47 000 000* (Bilder von Leichen kleiner Kinder, im Wasser treibend, mit den Gesichtern nach unten, zahllos wie Herbstlaub am Waldboden, regungslos bis auf das langsame Drängen der Wellen)

»O Gott«, flüsterte Snook. »Das ist zuviel. Viel zu viel.«

Er spürte hartes Gestein an seinen Knien. Seine Finger umklammerten die Magniluct-Brille, und hinter den Silhouetten menschlicher Gestalten tanzte ein Lichtstrahl.

»Na, mich laust der Affe«, sagte Helig. »So etwas habe ich noch nie gesehen.«

Murphy und Helig kamen heran und halfen ihm auf die Beine. Er schaute sich um und sah, daß Ambrose noch seine Magniluct-Brille trug, Kreidezeichen an die Stollenwand machte und auf die Uhr schaute, während er in seinen Recorder sprach.

»Wie lange hat es diesmal gedauert?« fragte Snook heiser.

»Ihre Stirn berührte die von Felleth fast eine ganze Minute lang«, sagte Murphy. »War es wirklich Felleth?«

»Ja.«

»Für mich sehen sie alle gleich aus«, meinte Murphy trocken. »Dann beugte er sich vor, und sein Kopf war genau in dem Ihren, so wie gestern, etwa eine Sekunde lang.«

»Eine Sekunde?« Snook preßte den Handrücken auf die Stirn. »So kann ich nicht weitermachen. Mein ganzes Leben lang bin ich den Menschen ausgewichen, weil ich einfach nichts wissen will, und jetzt . . .«

»Sie sind fort«, sagte Ambrose fest. »Nehmt alle die Brillen ab, ich mache Licht.« Einen Augenblick später flutete grelles Licht in den Stollen. Man reckte sich und streckte sich. Snook suchte in den Taschen nach seinen Zigaretten.

»Wir können uns zehn Minuten erholen, bis die Avernier wieder herunterkommen«, fuhr Ambrose fort.

»Mit dem Modulator hat es nicht geklappt«, sagte Culver. »Ich glaube nicht, daß sie es diesmal mit Licht-Schall-Umwandlung versuchen wollten. Jedenfalls habe ich keine Geräte gesehen.«

»Nein, sie scheinen es nur mit Gil versuchen zu wollen.« Ambrose gab Snook Feuer. »Wie war es, Gil? Schlimm?«

»Wenn Ihnen einer einen Luftschlauch ins Ohr schiebt und Ihnen den Kopf auf fünffache Größe aufbläst, können Sie sich vielleicht vorstellen, wie das ist.«

»Können Sie mir einen Vorbericht geben?«

»Jetzt nicht – ich brauche einen ganzen Vormittag mit dem Recorder.« In Snooks Gedächtnis regte sich plötzlich etwas. »Felleth will Ihnen etwas mitteilen, Boyce. Ich brauche Schreibblock und Stift, wenn er wiederkommt.«

»Mitteilen? Haben Sie eine Ahnung, was das sein könnte?«

»Etwas Technisches. Und sehr wichtig . . .« Snook spürte die Kälte der Vorahnung in sich aufsteigen und versuchte, sie zu unterdrücken. »Geben Sie mir das Schreibmaterial.«

»Gewiß.«

Snook nahm es in Empfang und entfernte sich damit ein Stück. Er zündete sich eine zweite Zigarette an und rauchte sie in stiller Konzentration, während er sich hinaufwünschte unter die Sonne. Der Sonnenschein war wichtig. Es mußte klaren Himmel geben, mit dem Blick ins Unendliche, ein sichtbares Gegenstück zum blinden, grauen Himmel von Avernus, einen Fluchtweg aus der engen, zum Untergang verurteilten Welt mit ihren flachen Inseln, die sich als Rhomben im gezeitenlosen Meer spiegelten, während die Leichen der Kinder im Wasser trieben . . .

»Wir sind soweit, Gil«, rief Ambrose, und im selben Augenblick wurde es im Stollen dunkel. Snook setzte die Brille auf, zertrat die Zigarette und ging zurück in die Arena.

Tiefer Friede der laufenden Welle.

Ihr werdet mit Interesse hören, Gleicher Gil, daß zwar das Transportsystem des Volkes zum größten Teil zerstört wurde, unsere Nachrichtenverbindungen von der Katastrophe vor tausend Tagen aber nicht betroffen wurden. Die Möglichkeit, mit elektrischen Erscheinungen Signale über weite Entfernungen zu vermitteln, ist uns seit langer Zeit bekannt, und wir haben die Methode aus rein wissenschaftlichen Gründen demonstriert, aber für die allgemeine Verständigung verlassen wir uns auf die Selbstdeckung, die Ihr als Telepathie kennt.

Auf diese Weise ist das Wissen, das Ihr mir gestern gebracht habt, schon an das ganze Volk weitergegeben worden. Die Antworter haben sich vereint und ihren Rat gegeben, und es ist eine Entscheidung getroffen worden. Es widerspricht unserer Weltanschauung, den Kräften der Entropie Leben zu überantworten, aber wir sind uns einig, daß die Kinder unserer Kinder nicht in eine Welt hineingeboren werden sollen, die nichts zu bieten hat als den Tod. Demzufolge werden wir aufhören, unsere Frauen zu befruchten.

Das ist nicht schwer für uns – eine logische Folge unserer Form von Telepathie ist willkürliche Kontrolle über den Proto-Geist unserer Nachkommen. Damit können wir das Geschlecht der Kinder bestimmen und auch Unfruchtbarkeit wählen, wenn wir es wünschen.

Wir haben das Glück gehabt – manche würden sagen, eine höhere Macht hat es so bestimmt –, daß die unserer Welt verbleibende Zeit ein wenig größer ist als die durchschnittliche Lebensdauer unserer Menschen. Ein kleiner Teil des Volkes wird daher weitere vierhundert Tage Kinder hervorbringen. Es wird die traurige Pflicht dieser letzten Generation sein, als Pfleger für uns zu dienen, unseren Weggang aus dem Leben zu überwachen und unsere schrumpfenden Hilfsquellen so einzuteilen, daß es in den letzten Tagen kein Verhungern, keinen Mangel, kein Elend, keinen Verlust an Würde gibt. Wenn die Meere sich wieder erheben, wer-

den sie weder Angst noch Tod bringen – denn es wird uns nicht mehr geben.

Snook: Wie könnt ihr in so kurzer Zeit eine so einstimmige Entscheidung treffen?

Das Volk ist nicht wie Ihr Menschen. Ich behaupte nicht, daß wir überlegen sind – von jeder telepathischen Gesellschaft kann erwartet werden, daß die Vernunft, die sich durch die Allgemeingültigkeit der Wahrheit verstärkt, über die Unvernunft siegt. Das Volk wird in dieser letzten Prüfung als Einheit handeln, wie in den leichteren Prüfungen der Vergangenheit.

Snook: Aber wie können die Leute das so schnell akzeptieren, wenn ihr noch vor zwei Tagen keine Astronomie gekannt habt? Woher wissen sie, daß wahr ist, was ich gesagt habe?

Ich weiß nicht, ob Ihr den Unterschied zwischen unseren Weltanschauungen verstehen könnt, aber der einzige Grund dafür, daß wir keine Astronomie hatten, war der, daß kein Bedürfnis dafür bestand. Sie hätte keinen Zweck erfüllt. Unsere Physik ist nicht Eure Physik. Ich habe aus Eurem gespeicherten Wissen erfahren, daß Ihr eine Wissenschaft Radioastronomie habt, mit Instrumenten, die Euch das Vorhandensein anderer Welten und Sterne auch dann verraten würden, wenn die Erde ständig unter Wolken läge – aber obwohl in meinem Universum die Wellenerscheinungen ähnlich sind, sind hier solche Instrumente nicht gebaut worden, weil wir keine Verwendung für sie gesehen hätten. Als wir aber die Beweise Eurer Erfahrung hatten, konnten wir logisch aufbauen. Das Volk ist nicht von Euch oder von mir überzeugt worden, sondern von der Wahrheit.

Snook: Aber so schnell!

Was Euch erstaunt, ist nicht die Schnelligkeit, sondern die Tatsache selbst. Aber glaubt nicht, daß es kein Leid gäbe. Wir sind weder passiv noch unterwürfig. Das Volk findet sich nicht einfach mit seinem Untergang ab. Wir nehmen hin, daß die übergroße Mehrheit unserer Rasse ihr Dasein beenden muß, aber solange ein paar von uns überleben, wird unsere Lebenswelle erhalten bleiben und eines Tages vielleicht wieder kraftvoll werden.

Snook: Ist das möglich? Man hat mir gesagt, daß eure Welt völlig vernichtet werden wird – wie kann dann jemand von euch überleben?

Es gibt nur einen Weg, auf dem wir überleben können, Gleicher Gil – nämlich den, in Eure Welt einzutreten.

Im Namen des Volkes . . . und im Namen des Lebens . . . bitte ich Eure Rasse, uns auf der Erde einen Platz einzuräumen.

Das grelle Licht war wieder eingeschaltet, die Gruppe versammelt. Snook starrte alle der Reihe nach an. Ihre Aufmerksamkeit galt einem flachen Rechteck. Snook brauchte ein paar Sekunden, um es als Schreibblock zu erkennen. Ambrose hob den Kopf.

»Was ist das, Gil?« fragte er. »Was geschieht hier?«

Snook bewegte die Finger, versuchte sich in seinem eigenen Körper wieder zurechtzufinden.

»Tut mir leid. Felleth muß vergessen haben, mir die Nachricht zu geben, oder vielleicht reichte die Zeit nicht.«

»Die Nachricht habe ich! Sehen Sie sich das an!« Ambrose hielt Snook den Block vor das Gesicht. Das ganze Blatt war mit Worten und mathematischen Symbolen bedeckt.

»War ich das?« fragte Snook.

»Sie haben ungefähr eine halbe Minute dazu gebraucht«, sagte Helig. »So etwas habe ich noch nie gesehen. Ich–«

»Später«, sagte Ambrose. »Gil, wissen Sie, was das ist?«

Snook schluckte mühsam.

»Wonach sieht es aus?«

»Diese Gleichungen scheinen einen Prozeß darzustellen, der mit reziprokem Beta-Zerfall Anti-Neutrino-Materie in Protonen und Neutronen verwandeln würde«, sagte Ambrose ernst. »Auf den ersten Blick sieht das nach einem Vorschlag aus, Objekte vom avernischen Universum in das unsere zu übertragen.«

»Sie haben es fast genau getroffen«, sagte Snook. »Aber Felleth hat nicht von Objekten gesprochen – er möchte uns ein paar von seinen Leuten schicken.«

11

Sie gingen stumm zum Wagen zurück und beluden ihn mit ihrer Ausrüstung. Snook wunderte sich nicht, daß der Himmel bewölkt war; die zweiwöchige Regenzeit stand bevor. Er fröstelte und rieb sich die Hände, als er mit den anderen einstieg.

»Gils Telefon ist defekt«, sagte Ambrose unterwegs. »Als erstes sollten wir Sie wohl zu einem anderen bringen, Gene.«

Helig lächelte.

»Nicht nötig. Ich bin es gewöhnt, daß in letzter Zeit alle Telefone ausfallen, wo ich auftauche – und da habe ich mir ein Funkgerät mitgebracht.« Er klopfte auf die Jackentasche. »Ich gebe meine Meldungen über einen Kollegen in Matsa durch. Ich brauche nur zwanzig Minuten Ruhe.«

»Leicht zu machen.« Ambrose schaltete die Scheibenwischer ein, als die ersten Regentropfen fielen. Als sie vor dem Bungalow hielten, drehte sich Ambrose um und sagte zu Quig: »Sie haben doch einen Freund in dem neuen Kraftwerk. Gibt es in dem Labor dort wirklich eine Moncaster-Maschine?«

»Das nehme ich an. Es ist eine Art Signalgenerator, nicht, nur bekommt man andere Strahlungsfelder geliefert?«

»Genau.« Ambrose gab Quig die Autoschlüssel. »Des, fahren Sie mit Benny sofort hinüber und mieten Sie das Gerät.«

»Aber die Dinger kosten ein Vermögen – und die Maschine gehört Jack gar nicht.«

Ambrose zog die Brieftasche heraus und gab Quig einen Tausenddollarschein.

»Das ist für Ihren Freund, wenn er uns das Gerät ein paar Tage leiht. Sie bekommen das gleiche zu zweit, wenn Sie das Ding mitbringen. Okay?«

»Na, und ob.« Culver nickte eifrig, Quig sprang heraus und lief zur Fahrerseite.

»Nicht so schnell«, sagte Ambrose. »Erst müssen wir ausladen.«

Snook lehnte sich an eine Verandastütze, als der Wagen davonfuhr.

»Gehen wir hinein«, sagte Ambrose. »Sie haben viel Arbeit vor sich.«

»Bleiben wir noch einen Augenblick hier, da ist es ruhiger. Sie wissen natürlich, daß Quig und Culver und ihr Freund ins Gefängnis kommen können, wenn sie erwischt werden. Das Kraftwerk ist Staatsbesitz.«

»Die werden sich nicht erwischen lassen«, sagte Ambrose leichthin. Er zog eine Schachtel Zigaretten aus der Tasche und hielt sie Snook hin.

»Brauchen Sie die Maschine, um die Avernier auf die Erde zu bringen?«

»Ja. Sie können es nicht schaffen, wenn wir nicht mithelfen, indem wir die richtige örtliche Umgebung erzeugen. Ich muß heute auch noch Wasserstoff beschaffen.«

»Wozu so eilig? Warum müssen Sie es versuchen, wenn alle Bedingungen ungünstig sind?«

»Da bin ich anderer Meinung, Gil – so gut werden sie nie wieder sein. Sie wissen, daß der Totpunkt morgen zwei Meter über dem Erdboden sein wird, aber von da an wird Avernus ständig über die Erdoberfläche hinauswachsen, wie eine flache Kuppel, die jeden Tag fünfhundert Meter höher wird. Das mag sich nicht nach viel anhören, aber wir haben es mit einer Tangente zu tun, die praktisch Null beträgt, so daß der Rand der Kuppel sich mit ungeheurer Geschwindigkeit in alle Richtungen ausbreiten wird.

Sicher, es wird zwei geringere Totpunkte geben, einen nördlichen des Äquators, einen südlich davon, aber sie werden sich unentwegt vom Äquator entfernen, und es wird schwer sein, an einem der Punkte Geräte aufzubauen und relativ zu einem entsprechenden Punkt auf Avernus die Position zu halten. Diesmal, gleich jetzt, ist der einzige Zeitpunkt gegeben, in dem wir es mit Bewegung in einem Sinn zu tun haben ...« Er verstummte und sah Snook an. »Aber das haben Sie gar nicht gemeint, oder?«

»Nein.«

»Sie wollen wissen, warum ich es versuchen will, wenn wir hier im Niemandsland sitzen, umgeben von schießwütigen Landsknechten, die uns am liebsten abknallen würden.«

»So ungefähr«, sagte Snook.

»Nun, ein Grund ist, daß niemand auf der Welt etwas für die Vorstellung übrig haben wird, daß sich eine Rasse fremder Superwesen mit hereindrängt und unsere kargen Ressourcen beansprucht. Die UNO wird schon aus Quarantänegründen ihr Veto einlegen, also wäre es besser, ein *fait accompli* zu schaffen. Die Chance ist zu groß, als daß wir sie vorübergehen lassen.«

»Und der andere Grund?«

»Ich bin als erster auf die Sache gestoßen. Sie gehört mir, Gil, und ich brauche sie. Das ist meine einzige Chance, das zu werden, was ich mir immer gewünscht habe – können Sie das verstehen?«

»Ich denke schon, aber bedeutet es so viel, daß es Sie nicht kümmert, ob jemand dabei zu Schaden kommt?«

»Ich will nicht, daß jemand zu Schaden kommt – außerdem glaube ich, daß ich Des und Benny selbst mit einer Flinte nicht vertreiben könnte.«

»Ich habe eher an Prudence gedacht. Warum nützen Sie nicht Ihren Einfluß und sorgen dafür, daß sie das Land verläßt?«

»Sie ist selbständig, Gil. Wie kommen Sie darauf, daß ich Einfluß auf sie hätte?«

»Sie haben mit ihr geschlafen, nicht wahr?« Snook konnte die Bitterkeit in seiner Stimme nicht unterdrücken. »Oder zählt so etwas nicht mehr?«

»Das ist alles, was ich getan habe – mit ihr geschlafen. Ich war für alles andere viel zu erschöpft. Er sah Snook an. »Und was ist mit Ihnen? Steigen Sie aus?«

»Nein, ich bleibe.«

»Danke – aber warum?«

Snook lächelte schwach.

»Nehmen Sie mir ab, daß ich es mache, weil ich Felleth mag?«

Bis zum letzten Jahrzehnt des 20. Jahrhunderts war der Lebensstandard selbst in den fortschrittlichsten Ländern der Welt sehr uneinheitlich geworden. Die Prophezeiung Orwells, die Leute würden sich nichts als Luxus leisten können, hatte sich erfüllt. Zum Beispiel war es schwierig, einen gefahrlos eßbaren Fisch zu erhalten, und die Weltgesundheitsorganisation hatte ihre Mitte des Jahrhunderts aufgestellte Schätzung, wieviel Gramm Eiweiß ein Erwachsener jeden Tag brauchte, um gesund zu bleiben, halbiert.

An der Kommunikation fehlte es dagegen nicht – der Synchron-

Satellit und die Germaniumdiode sorgten dafür, daß praktisch jedermann auf dem Planeten über jedes Ereignis binnen Minuten informiert werden konnte. Man konnte aber nur Informationen vermitteln, kein Verständnis, und es gab viele, die der Meinung anhingen, die Leute allgemein wären besser bedient oder sogar glücklicher, wenn man sie nicht unaufhörlich mit Nachrichten bombardierte. Die Hauptleistung der Telekommunikationsindustrie bestehe darin, meinten sie, daß man jetzt in wenigen Minuten den Aufruhr auslösen konnte, zu dessen Entstehung es früher Tage gebraucht habe.

Gene Heligs Bericht über die Vorgänge im Bergwerk Drei war vor acht Uhr Ortszeit in den Händen seines Kollegen im Nachbarländchen Matsa und erreichte zehn Minuten danach das Agenturbüro in Salisbury, Rhodesien. Die Meldung wurde über Satelliten unter anderem nach London und New York weitergereicht und an andere Agenturen verteilt.

Die Reaktionen traten fast augenblicklich ein.

In den Äquatorialstaaten, wo die Avernier gesehen worden waren, hatte bereits starke Hochspannung geherrscht, und die Nachricht, daß die körperlosen ›Gespenster‹ im Begriff standen, sich in reale, körperliche, stoffliche Eindringlinge zu verwandeln, trieb die Menschen auf die Straßen. Während der Morgensonnenschein mühsam durch die Regenwolken über Barandi drang, wurde die noch über Ekuador, Kolumbien und drei von den neuen Staaten in Nord-Brasilien liegende Dunkelheit durch die klassischen Symptome der Panik gestört, und hoch im Norden, in New York, holte man die Mitglieder verschiedener UNO-Ausschüsse aus den Betten.

Präsident Ogilvie studierte die Nachrichtenzusammenfassung seiner Büros gründlich, drückte auf eine Taste und sagte: »Sofort Colonel Freeborn zu mir.«

Er hatte mehr zu verlieren als jeder andere Mensch in diesem Land, und seine Instinkte waren demgemäß geschärfter – für ihn stand jetzt fest, daß man die ganze Sache um Bergwerk 3 falsch angepackt hatte. Schnelle und strenge Maßnahmen gleich zu Anfang hätten dem Ganzen sofort ein Ende gemacht, aber dafür war es jetzt zu spät; jetzt bestand die Gefahr, daß Freeborn vor den Augen der ganzen Welt entgleisen mochte. Tatsächlich wurde

Colonel Freeborn rasch ein Anachronismus und eine Belastung in vielerlei Hinsicht, dachte Ogilvie.

Das Gerät summte leise, und seine Sekretärin meldete den Colonel an.

»Schicken Sie ihn herein«, sagte der Präsident.

»Guten Tag, Paul.« Freeborn schritt mit kaum unterdrücktem Zorn in das große Arbeitszimmer.

»Haben Sie das gesehen?« Ogilvie deutete auf die Meldungen.

»Ich habe meine Kopien.«

»Was halten Sie davon?«

»Ich finde, wir sollten mit der Leisetreterei endlich aufhören. Was dabei herauskommt, sieht man jetzt. Es wird Zeit, daß wir dort eingreifen–«

»Ich meine, was halten Sie von diesen Wesen aus einer anderen Welt, die durch eine Maschine kommen sollten?«

Freeborn sah ihn überrascht an.

»Ich halte gar nichts davon – zum Teil, weil ich nicht an Märchen glaube, aber hauptsächlich deshalb, weil ich diese weißen *Wabwa* aus dem Bergwerk werfe, bevor sie uns noch mehr Zeit und Geld kosten.«

»Wir dürfen nichts übereilen«, sagte Ogilvie und betrachtete die Asche an seiner Zigarre. »Ich habe eben aus New York erfahren, daß die UNO eine Beobachtergruppe schickt.«

»UNO! UNO! Das ist alles, was ich in letzter Zeit von Ihnen höre, Paul. Was ist los mit Ihnen? Das ist *unser* Land – wen wir nicht haben wollen, den brauchen wir nicht hereinzulassen.«

Ogilvie seufzte.

»Alles läßt sich diplomatisch lösen. Die Leute von der UNO möchten, daß Doktor Ambrose seine Experimente einstellt, was uns nur recht sein kann. Hat Ihr Freund Snook übrigens versucht, Sie zu erreichen und auf dem laufenden zu halten, wie es vereinbart war?«

»Ich habe nichts von ihm gehört.«

»Na bitte! Er hat sich nicht an die Abmachung gehalten, und das gibt mir das Recht, ihn und Doktor Ambrose aus dem Bergwerk zu weisen. Dabei halten wir uns auch noch an die Wünsche der UNO.«

Freeborn ließ sich in einen Sessel fallen.

»Ich schwöre Ihnen, Paul, das macht mich noch krank. Ambrose ist mir egal, aber ich will diesen Snook haben. Wenn ich die Leoparden einsetze–«

»Sind Sie sicher, daß sie mit ihm fertig werden, Tommy? Ich habe gehört, daß er mit einem Besteckteil einen ganzen Zug Leoparden entwaffnen kann.«

»Ich habe auch davon gehört und konnte den Fall noch nicht untersuchen, aber anscheinend hat es einen banalen Zwischenfall mit drei von meinen Leuten gegeben.«

»Drei Mann und ein Offizier, nicht wahr?«

Freeborn hob den Kopf nicht, aber an seiner Schläfe begann eine Ader zu pulsieren.

»Was soll ich tun?«

»Stellen Sie Snooks Telefonleitung wieder her«, sagte Ogilvie. »Ich möchte sofort mit ihm reden.« Er lehnte sich zurück, als Freeborn ein kleines Gerät aus der Tasche zog und hineinsprach. Nach einer Minute nickte er und steckte das Gerät ein. Ogilvie wies seine Sekretärin an, ihn mit Snook zu verbinden, und starrte auf die regennassen Fenster, bis er Snook am Apparat hatte.

»Guten Tag, Snook«, sagte er. »Ist Doktor Ambrose bei Ihnen?«

»Nein, Sir. Er ist im Bergwerk und stellt Geräte auf.«

Freeborn bewegte sich unruhig, als er Snooks Stimme aus dem kleinen Lautsprecher tönen hörte.

»Dann muß ich mit Ihnen verhandeln«, sagte Ogilvie.

»Ist etwas nicht in Ordnung, Sir?«

Ogilvie lachte anerkennend, weil er wußte, daß das Snooks Art war, den Kampf aufzunehmen.

»Es scheint allerlei nicht in Ordnung zu sein. Ich höre nicht gern die BBC, um zu erfahren, was in meinem Land geschieht. Was ist aus unserer Vereinbarung geworden, daß Sie Colonel Freeborn über alles, was im Bergwerk geschieht, auf dem laufenden halten wollen?«

»Tut mir leid, Sir, aber es ging alles so schnell, und das Telefon war defekt. Ihr Anruf ist der erste seit Tagen. Ich weiß nicht, wie das kam, weil ich früher nie Schwierigkeiten mit dem Telefon hatte. Es könnte zusammenhängen mit–«

»Snook! Übertreiben Sie es nicht. Was bedeutet dieser Plan, unsere sogenannten Gespenster in Fleisch und Blut zu verwandeln?«

»Drückt man sich im Radio so aus?«

»Gewiß.«

»Nun, das ist Doktor Ambroses Bereich, Sir. Ich wüßte nicht einmal, wie so etwas möglich sein sollte.«

»Ich auch nicht«, sagte Ogilvie, »aber Wissenschaftler der UNO scheinen zu glauben, daß etwas dran sein könnte, und es gefällt ihnen so wenig wie mir. Sie schicken eine Beobachtergruppe, mit der ich in vollem Umfang zusammenarbeiten werde. Doktor Ambrose hat inzwischen alle Arbeiten einzustellen. Ist das klar?«

»Völlig klar, Sir. Ich setze mich sofort mit ihm in Verbindung.«

»Tun Sie das.« Ogilvie legte auf und tippte mit dem Fingernagel auf den Hörer. »Ihr Freund Snook ist glatt wie ein Aal – wie oft hat er ›Sir‹ zu mir gesagt?«

Freeborn stand auf und schwang seinen Stock.

»Ich fahre lieber hin und sorge dafür, daß sie verschwinden.«

»Nein. Die Leoparden werden sofort abgezogen, und Sie bleiben in Kisumu, Tommy. Snook geht Ihnen zu schnell unter die Haut. Ich will keine weiteren Schwierigkeiten. Außerdem sind wir uns beide einig, daß die Geschichte von Besuchern aus einer anderen Welt ein lächerliches Märchen ist.«

12

Snook hatte sich eben auf den Weg hügelabwärts gemacht, als ein fremdes Auto anhielt, von dem gelblich-schmutziges Wasser troff. Die Tür ging auf, und er sah Prudence, die sich zu ihm herüberbeugte.

»Wo ist Boyce?« fragte sie. »Ich sehe seinen Wagen nicht.«

»Im Bergwerk mit seinen Geräten. Ich will eben zu ihm.«

»Steigen Sie ein, es ist viel zu naß für Fußmärsche.« Sie zögerte, als er neben ihr saß. »Ist es zu gefährlich, wenn ich hinfahre?«

»Nein – meine Freunde sind mit ihren Jeeps vor einer Stunde abgefahren.«

»Es waren nicht Ihre Freunde, Gil. Ich hätte so etwas nicht sagen sollen.«

»Ich hätte es nicht wieder aufwärmen dürfen. Es ist nur–« Er schwieg einen Augenblick. Prudence sah ihn an. »Es ist nur so, daß ich dauernd an Sie denke.«

»Um sich neue Beleidigungen einfallen zu lassen?«

»Nein. Ich bin eifersüchtig, und das habe ich in meinem ganzen Leben noch nicht mitgemacht. Als ich ins ›Commodore‹ kam und Sie bei Boyce sitzen sah, spürte ich die Eifersucht schon. Es ist völlig unlogisch, aber ich hatte das Gefühl, als hätte er mir etwas weggenommen. Seitdem–« Snook verstummte. Er lächelte und sagte: »Wissen Sie, was jetzt geschieht? Ich versuche Sie zu lieben, ohne Sie anzurühren – und das ist nicht leicht.«

Prudence berührte seine Hand, und er sah in ihrem Gesicht den Beginn einer besonderen, einzigartigen Weichheit. Ihre Lippen öffneten sich langsam, und er beugte sich vor, um Erfüllung zu finden, als eine Hecktür aufgerissen wurde und George Murphy tropfnaß hereinplatzte.

»Das nenne ich Glück«, sagte er atemlos. »Ich dachte schon, ich müßte bei dem Wetter zu Fuß zum Bergwerk gehen. Was für ein miserabler Tag!«

»Hallo, George.« Snook war bedrückt, als hätten sich Türen für immer geschlossen.

»Ihr wollt doch hin, oder?«

»Wohin sonst?« Prudence fuhr an und sagte mit einem Stimmungswechsel, der Snook unbestimmte Qualen verursachte: »Gil will einen neuen Plastikpickel ausprobieren.«

»Sicher besser als Holz und Stahl«, meinte Murphy lachend.

Snook konnte sich Murphys Fröhlichkeit nicht anschließen und sagte: »Ich bin vorhin von Ogilvie angerufen worden – er weist uns aus dem Bergwerk.«

»Warum das?«

»Von seinem Standpunkt aus wohl eine begreifliche Reaktion. Boyce ist hineingeschickt worden, um Gespenster zu vertreiben, und nicht, um sie in reale Wesen zu verwandeln.«

Ambrose und Quig arbeiteten dreihundert Meter südlich des Zecheneingangs an einer Stelle, wo man sonst Packkisten, Holzabfälle und defekte Maschinenteile lagerte. Ambrose hatte errechnet, daß die Avernier eine Höhe von etwa zwei Metern über dem Boden erreichen würden und eine Art Podium für seine Geräte errichtet. Er und Quig waren völlig durchnäßt, stapften aber gut gelaunt herum. Auf dem Podium stand schon ein großer Würfel unter einer Plastikhaut, in dem Snook die Moncaster-Maschine vermutete. Ambrose lächelte unsicher, als er Prudence sah.

»Was machst du hier?« fragte er und öffnete die Fahrertür.

Prudence zog ein Taschentuch heraus und tupfte ihm das nasse Gesicht ab.

»Ich habe ein Geschichtsgefühl, *mon ami.* Ich denke gar nicht daran, diese Vorführung zu verpassen – vorausgesetzt, es gibt überhaupt eine.«

»Was soll das heißen?« fragte Ambrose stirnrunzelnd.

Während Murphy ausstieg und blaue Regenmäntel verteilte, schilderte Snook Ambrose den Anruf des Präsidenten. Ambrose ließ sich einen Mantel geben, zog ihn aber nicht an. Sein Mund wurde schmal, und er schüttelte immer wieder den Kopf, lange bevor Snook mit seinem Bericht fertig war.

»Ich gebe nicht auf«, sagte er mit rauher, fremder Stimme. »Nicht für Präsident Paul Ogilvie. Nicht für alles in der Welt.«

Leutnant Curt Freeborn hörte sich das mit tiefer Befriedigung an und sah seine Wut ein wenig besänftigt.

Er nahm den Kopfhörer einer Tele-Abhöranlage ab, ohne den Verband auf dem rechten Auge zu berühren, und legte ihn neben das Teleskop in den Behälter. Die Ausländer waren Hunderte von Schritten von ihm entfernt und ganz mit sich selbst beschäftigt, aber trotzdem kroch er auf Händen und Knien eine lange Strecke, um nicht bemerkt zu werden. Als er das Ende der Abfallhalde erreicht hatte, stand er auf und ging schnell zum Tor, überquerte die Straße, trat in einen Eingang und zog das Funkgerät aus der Tasche. Es dauerte nur Sekunden, bis er mit dem Büro seines Onkels in Kisumu verbunden war.

»Hier Curt«, sagte er. »Kannst du sprechen?«

»Das kann ich, Leutnant, aber ich habe keine Lust, mich mit Ihnen zu unterhalten.«

»Ich habe eben am Bergwerk einen Erkundungsgang gemacht«, sagte Curt schnell. »Ich bin nah genug herangekommen, um zu hören, was Snook und der *Daktari* sagten, und–«

»Wie hast du das gemacht?«

»Äh – mit einem K 80-Fernabhörgerät.«

»Aha – und hast du es wieder mitgebracht?«

»Natürlich. Warum fragst du?«

»Ich wollte nur wissen, ob Mr. Snook oder sein Freund Murphy es dir vielleicht abgenommen haben. Du belieferst sie ja mit Waffen, wie man hört.«

»Du hast gehört–«

»Ich glaube, alle haben es gehört – auch der Präsident.«

Curt wurde eiskalt.

»Das war nicht meine Schuld. Meine Leute–«

»Nicht winseln, Leutnant. Ein Stück weißes Fleisch war wichtiger, nicht wahr? Und da läßt man sich in der Öffentlichkeit von zwei Zivilisten entwaffnen!«

»Ich habe die Uzis ein paar Minuten danach zurückgeholt.« Curt erwähnte nicht, daß die Pistole gefehlt hatte.

»Über die Brillanz des Nachhutgefechts können wir später sprechen, wenn du mir erklärst, warum du mir keine Meldung gemacht hast. Und jetzt Schluß.«

»Warte doch«, sagte Curt verzweifelt, »du hast noch nicht gehört, was ich mitbekommen habe.«

»Nämlich?«

»Sie wollen nicht weg. Sie arbeiten weiter.«

»So?«

»Aber der Präsident verlangt doch, daß sie gehen. War das nicht ein direkter Befehl?« sagte Curt verwirrt.

»Direkte Befehle sind in Barandi nicht mehr Mode.«

»Bei dir vielleicht«, sagte Curt plötzlich kühn. Es kam ihm vor, als nähere er sich einem Abgrund. »Aber manche von uns sind noch nicht am Schreibtisch verweichlicht.«

»Sie sind hiermit vom Dienst suspendiert«, sagte sein Onkel kalt und förmlich.

»Das kannst du mir nicht antun.«

»Ich hätte es schon früher getan, wenn ich gewußt hätte, wo du dich versteckst. Die drei Soldaten, die du mit deiner Dummheit angesteckt hast, sind bereits geprügelt und degradiert worden. In deinem Fall erscheint mir ein Kriegsgericht angebracht.«

»Nein, Onkel, nein!«

»Ich verbitte mir diese Anrede.«

»Aber ich kann sie für dich aus dem Bergwerk holen«, sagte Curt flehend. »Der Präsident wird erfreut sein, und dann ist alles wieder–«

»Schneuzen Sie sich, Leutnant«, befahl der Colonel. »Und wenn Sie damit fertig sind, melden Sie sich in der Kaserne. Das wäre alles.«

Curt Freeborn starrte sein Gerät ungläubig an, dann öffnete er die Finger und ließ es fallen, zertrat es mit dem Absatz und ging in den Regen hinaus.

Als die Nacht hereinbrach, ließ Ambrose die Arbeit vorübergehend einstellen, und man trank unter dem Podest Kaffee aus einer großen Thermosflasche. Der Regen hatte etwas nachgelassen, und der enge Unterschlupf wirkte beinahe gemütlich. Gene Helig war inzwischen nachgekommen und hatte eine Tragtüte mit Schokoladen und einer Flasche südafrikanischen Brandy mitgebracht. Quig und Culver waren im Nu beschwipst.

In dem Gedränge fand Snook sich zweimal neben Prudence. Verlegen wie ein Schüler versuchte er, ihre Hand zu berühren, aber sie entfernte sich jedesmal und ließ ihn einsam und bedrückt zurück. Automatisch reagierte er mit den Abwehrmaßnahmen, die ihm so viele Jahre in so vielen Ländern von Nutzen gewesen waren. Er schüttete den Kaffee aus seiner Tasse weg, füllte sie bis zum Rand mit Brandy, zog sich an den Rand des Unterschlupfs zurück und rauchte eine Zigarette. Der Alkohol entzündete ein Feuer in ihm, aber es unterlag gegen die Dunkelheit, die aus der Wildnis herandrängte. Snook gewann die düstere Überzeugung, daß Ambroses Unternehmen auf katastrophale Weise schiefgehen würde. Er schaute sich ohne Interesse um, als Ambrose neben ihn trat.

»Nicht schwach werden«, sagte Ambrose. »Morgen früh ziehen wir ab.«

»Sind Sie sicher?«

»Ganz sicher. Ich hatte eigentlich vor, künftigen Totpunkten in den Himmel hinauf zu folgen, aber das wird alles zu schwierig – ich habe den Hubschrauber heute wieder abbestellt. Ich bezweifle ohnehin, daß ich ihn hätte benützen dürfen.«

Snook trank.

»Boyce, warum sind Sie so überzeugt, daß Felleth beim nächstenmal einen Transfer versuchen wird?«

»Er ist Wissenschaftler. Er weiß so gut wie ich, daß wir morgen früh die besten Bedingungen dafür haben.«

»Die besten, aber nicht die einzigen guten. Ich habe mir überlegt, was Sie sagten, und wenn die Oberfläche von Avernus durch die Erde kommt, ist mir klar, daß es zwei Totpunkte geben wird, einen Richtung Norden, einen Richtung Süden, aber das gilt nur für diesen Längengrad, nicht wahr? Und wenn sie sich nun wirklich bewegen? Mit ein bißchen Zeit und internationaler Finanzierung könnte man das Problem bewältigen. Und wie steht es mit den Polen? Da kann es doch nur ganz geringe Bewegung geben – nur die seitliche Abweichung.«

»Sie haben nachgedacht, wie?« Ambrose hob die Tasse. »Woher sollte die Finanzierung kommen? Es ist doch gerade die UNO, die uns jetzt ins Handwerk pfuscht.«

»Aber das ist nur eine erste Reaktion.«

»Wollen wir wetten?«

»Na gut – aber die anderen Punkte?«

»Können die Avernier nach Wunsch um ihren Äquator reisen? Gibt es in ihren gemäßigten Zonen Land? Können sie Nord- und Südpol ihres Planeten überhaupt erreichen?«

Snook forschte in seinem fragmentarischen Zweitgedächtnis.

»Ich glaube nicht, aber–«

»Glauben Sie mir, Gil, morgen ist genau der richtige Zeitpunkt für dieses Experiment.«

Snooks Hand, die seine Tasse an den Mund führte, erstarrte.

»Augenblick – Sie sprechen immer von Experiment. Heißt das, daß nicht alles klar und eindeutig ist?«

»Gewiß. Was Sie da auf dem Block notiert haben, wird unsere Nuklearwissenschaft um zwanzig Jahre nach vorn bringen, aber

Ihr Freund Felleth schiebt seine theoretische Physik bis an ihre Grenzen. Ich habe mir seine Gleichungen und Wechselwirkungen angesehen, verstehe aber, ganz offen gesagt, nicht genug, um vorhersagen zu können, ob sie alles leisten, was sie versprechen. Für mich scheinen sie in Ordnung zu sein, aber ich bin nicht sicher, ob Felleth durchkommt. Es besteht auch die Möglichkeit, daß er es schafft und bei der Ankunft tot ist.«

Snook sah ihn entsetzt an.

»Und Sie wollen es trotzdem versuchen?«

»Ich dachte, Sie verstehen das, Gil«, meinte Ambrose. »Felleth muß diese eine, ideale Chance nützen, um zu beweisen, daß der Übergang möglich ist. Sein Volk braucht einen Hoffnungsstrahl, und das schnell. Deshalb sind wir gebunden.«

»Dann ... glauben Sie also, daß die Erde sie später hereinläßt, wenn Sie beweisen, daß die Methode funktioniert?«

Ambrose grinste.

»Sie müssen in großen Zusammenhängen denken, Gil. Die Zeiten ändern sich – und wir haben fast ein Jahrhundert Zeit. In fünfzig Jahren holen wir vielleicht die Avernier mit Raumschiffen aus dem Himmel herunter.«

»Na, da soll doch–« Snook griff nach der Hand des anderen. »Wissen Sie, eigentlich habe ich Sie als einen Egoisten eingestuft.«

»Der bin ich auch«, versicherte Ambrose. »Reines Glück, daß ich diesmal Gelegenheit habe, es zu verbergen.«

George Murphy trat zu ihnen.

»Ich gehe zum Arzt, weil ich eine Spritze brauche. Ich habe mich wohl überanstrengt.«

»Ich fahre Sie hin«, sagte Ambrose.

»Nein. Das schaffe ich zu Fuß in ein paar Minuten, und der Regen hat fast aufgehört.« Murphy verschwand in der Dunkelheit.

»Ich komme mit«, rief Snook und eilte ihm nach. Als sie den Lichtkreis verließen, mußten sie sich vorsichtig ihren Weg bahnen, obwohl sie die Magniluct-Brillen aufhatten, bis sie den nebliggrünen Schimmer um das Bergarbeiter-Lager erreichten. Das Sanitätsgebäude war so dunkel wie alle anderen.

»Da sind die Schlüssel.« Murphy gab Snook ein klirrendes Bündel. »Suchen Sie mir Nummer Acht heraus?«

»Sicher. Wenn ich einen Flugzeugmotor reparieren kann, werde ich wohl auch ...« Snook verstummte plötzlich. »Nicht umsehen, George – hinter Ihnen ist jemand.«

»Komisch«, flüsterte Murphy und tastete an seinem Regenmantel herum. »Dasselbe wollte ich eben zu Ihnen sagen.«

»Keine Bewegung!« Der Befehl kam von einem hochgewachsenen jungen Mann, der hinter dem Gebäude hervorgekommen war. Er trug Armeestiefel und einen Helm mit der Spange eines Leutnants. Auf dem rechten Auge klebte ein kleiner Verband. Snook schaute sich um und sah drei Soldaten mit gezogenen Buschmessern.

»Was für ein Glück!« sagte Freeborn. »Meine zwei Lieblinge – der spaßige weiße Mann und sein Onkel Tom.«

Snook und Murphy sahen einander stumm an.

»Keine spaßigen Kommentare, Mr. Snook?« Freeborn lächelte. »Ist Ihnen nicht wohl?«

»Ich möchte nur wissen, warum vier sogenannte Leoparden wie Ratten im Dunkeln herumlaufen«, sagte Murphy, der noch immer an den steifen Verschlüssen seines Regenmantels herumtastete.

»Mit dir habe ich nicht gesprochen, Kerl.«

»Immer mit der Ruhe, George«, sagte Snook besorgt.

»Aber das ist wirklich interessant«, fuhr George unbeirrt fort. »Der Colonel wäre sicherlich mit gleißenden Scheinwerfern angerückt. Ich habe den Eindruck, daß–«

Freeborn nickte kaum merklich, und im selben Augenblick wurde Murphy im Rücken von einem Schlag getroffen. Der Schlag war ein so lautes Klatschen, daß Snook glaubte, der Unteroffizier habe Murphy mit dem flachen Buschmesser ins Gesicht geschlagen. Dann sah er Murphy auf die Knie stürzen, und aus dem Augenwinkel bemerkte er, daß der Unteroffizier die Klinge mit Mühe herauszog. Er fing Murphy mit den Armen auf und spürte die entsetzliche Schlaffheit von Gliedmaßen und Muskeln, tote Last, die ihn unerbittlich hinunterzog. Snook sank auf die Knie, hielt Murphy im linken Arm und riß seinen Mantel auf. Er schob die Hand hinein, um den Herzschlag zu suchen, und war entsetzt, die ganze Brust naß und klebrig-heiß vorzufinden, obwohl der Stoß von hinten geführt worden war. Murphys Mund klappte auf; selbst im Tod roch er noch nach Pfefferminz.

»Das ist zu schnell gegangen«, sagte Freeborn zu dem Unteroffizier mit mildem Vorwurf. »Du hast den Onkel Tom zu schnell entwischen lassen.«

»Sie ...« Snook versuchte zu sprechen, aber seine Kehle schnürte sich zu und ließ die Worte nicht durch, die ohnehin sein Leid und seinen Haß nicht hätten ausdrücken können. Er preßte Murphys Leiche an sich, seine rechte Hand rutschte ab im Blut und stieß gegen etwas Hartkantiges, Vertrautes. In diesem Augenblick war das der schönste Gegenstand der Welt, mit einer metallischen Perfektion, die ihn über eine kostbare Skulptur hinaushob. Snook sah sich mit gesenktem Kopf um. Er sah vier Beinpaare, und sie befanden sich, wie er gehofft hatte, alle in einem einzigen Sektor seines Sehbereichs. Mit einer einzigen Bewegung ließ er Murphys Leiche los und stand auf, die Pistole in der Hand.

Es gab einen langen Augenblick vibrierender, klirrender Stille, als er die vier Männer anstarrte.

»Wir können zu einer Einigung kommen«, sagte Leutnant Freeborn ruhig. »Ich weiß, daß Sie nicht abdrücken, weil Sie zu lange gewartet haben. Ihr Typ muß spontan handeln. Was gerade geschehen ist, ist bedauerlich, das gebe ich zu, aber ich sehe nicht ein, warum wir nicht–«

Snook schoß ihn in den Bauch, daß der zusammengekrümmte Körper an die Wand geschleudert wurde, dann wandte er sich den drei Soldaten zu, die schon die Flucht ergriffen hatten. Er hielt die Waffe mit beiden Händen ausgestreckt, zielte auf den Unteroffizier und drückte wieder ab. Der Unteroffizier wurde in der Schulter getroffen und herumgerissen. Snook schoß noch zweimal und sah den Plastikmantel des Unteroffiziers beide Male wie ein sturmgepeitschtes Segel flattern. Er blieb schußbereit stehen, bis der Mann zu Boden gestürzt war. Die beiden Soldaten verschwanden.

Jeder Laut, jede Bewegung hörten auf.

Als Snook endlich wieder Mensch war, atmete er tief und stokkend ein und schob die Pistole in die Tasche. Ohne noch einen Blick auf Murphy zu werfen, ging er zu den anderen zurück.

»Was ist passiert?« fragte Ambrose. »Wo ist George?«

Snook ging weiter, bis er vor Quig stand, der die Brandyflasche in der Hand hielt. Er nahm sie an sich.

»George ist tot. Wir sind an Freeborn junior und drei von seinen Leuten geraten, und sie haben George umgebracht.«

»O nein«, flüsterte Prudence.

»Aber das kann doch nicht sein«, sagte Ambrose dumpf. »Warum sollten sie Murphy erschießen?«

Snook trank aus der Flasche und schüttelte den Kopf.

»Sie haben ihn mit einer *Panga* getötet. Geschossen habe ich – und zwar damit.« Er zog die Pistole aus der Tasche und hielt sie ins Licht. Seine Hand war blutverschmiert.

»Haben Sie jemanden getroffen?« fragte Helig sachlich.

Prudence sah Snook ins Gesicht.

»Sie haben, nicht wahr?«

Er nickte.

»Freeborn junior. Und den Mann, der George getötet hat. Voll getroffen.«

»Das gefällt mir gar nicht.« Helig griff nach der Flasche und goß Brandy in seine Tasse. »In einer halben Stunde wimmelt es hier von Truppen.«

»Das wär's dann wohl«, sagte Ambrose tonlos. »Es ist aus.«

»Vor allem für George.«

»Ich weiß, was Sie denken, Gil – aber George Murphy wollte, daß wir hier weitermachen können.«

Snook dachte eine Weile nach.

»Es bleibt vielleicht doch noch Zeit«, sagte er. »Freeborn und seine Leute haben vermutlich nicht auf Befehl gehandelt. Wenn es ein Privatunternehmen war, vermißt man sie vielleicht erst morgen.«

Helig sah ihn zweifelnd an.

»Darauf würde ich mich nicht verlassen. Die Wachen am Tor müssen die Schüsse gehört haben.«

»Wer gehen will, soll gehen«, sagte Ambrose. »Ich bleibe. Vielleicht haben wir Glück.«

Snook holte sich die Flasche zurück und starrte in die Dunkelheit hinaus, während er in kleinen Schlucken trank. Er dachte über die Avernier nach und versuchte, das, was er eben erlebt hatte, in den Hintergrund zu schieben. In etwa fünfunddreißig Jahren mußten die beiden Welten sich nur noch um einen halben Planetendurchmesser überschneiden. In der Nähe der Äquatorialgebiete würden sich die beiden großen Kugeln im rechten Winkel schneiden, so daß die Betrachter eine mit Überschallgeschwindigkeit heranfegende vertikale Wand sehen würden. Auf dieser Wand, in den Himmel hinaufstrebend, würde eine unaufhörliche Prozession avernischer Landmarken erkennbar sein, direkt von oben gesehen. Man würde Mut brauchen, um nicht im Augenblick der lautlosen Durchschneidung die Augen zu schließen, aber ein noch größeres Schauspiel würde weitere fünfunddreißig Jahre danach geboten werden, wenn die beiden Welten sich zur Gänze voneinander trennten. Bis dahin mochten auch die Magniluct-Gläser so verbessert sein, daß durch sie Avernus ganz massiv erscheinen würde. Wenn ja, dann würden schwindelerregende, unfaßbare Minuten bevorstehen, wenn man die Oberfläche einer auf dem Kopf stehenden Welt knapp über seinem Kopf würde vorbeirasen sehen, mit einer kombinierten Geschwindigkeit von über dreitausend Kilometern in der Stunde.

Und dann, im Jahr 2091, das unglaublichste Schauspiel von allen, die Rückkehr von Thorntons Planeten.

Der Zwischenraum würde sich bis dahin auf knapp viertausend Kilometer erweitert haben, was bedeutete, daß für Träger von Magniluct-Brillen Avernus den ganzen Himmel ausfüllen würde. Die Erde würde einen Logenplatz bei der Vernichtung einer Welt besitzen ...

Snook kehrte schlagartig in die Gegenwart zurück, wo er genug eigene Probleme hatte. Er fragte sich, ob die anderen, vor allem Prudence, wußten, daß er bald sterben würde. Wenn das der Fall war, vor allem bei ihr, ließen sie sich nichts anmerken. Im Rückblick begann Snook daran zu zweifeln, daß der wunderbare Augenblick in Prudences Wagen wirklich stattgefunden hatte. Die größte Ironie war, daß er eine seltene telepathische Begabung zu besitzen schien – aber er konnte weniger erkennen, was in einer Frau vorging, als ein Halbwüchsiger bei seinem ersten Rendezvous. Wenn man nicht von Gleichbegabten umgeben war, wird die Einsamkeit durch die Telepathie nur noch verstärkt, dachte er. Keine

Wohnung ist so einsam wie die, in der man schwache Geräusche einer Party nebenan hört.

Snook bemerkte, daß er betrunken wurde, aber er trank weiter. Ein gewisses Maß an Berauschung erleichterte es, sich damit abzufinden, daß er Barandi auf keinen Fall lebend würde verlassen können. Außerdem fiel ihm dadurch eine wichtige Entscheidung leichter. Wenn Colonel Freeborn erschien, würde er Gilbert Snook suchen, nicht die anderen Mitglieder der Gruppe, und sobald er Snook hatte, sich lange und ausführlich mit ihm beschäftigen, so daß Ambrose vielleicht Zeit haben würde, das große Experiment abzuschließen.

Es war deshalb ein völlig logischer Entschluß, daß er, sobald die Leoparden hier erschienen, vortrat und sich stellte.

13

Der Soldat war so betrunken, daß er ohne die beiden Militärpolizisten, die ihn festhielten, nicht hätte stehen können. Trotz seines schlechten Zustands war er in der Gegenwart von Colonel Tommy Freeborn außer sich vor Angst, und er erzählte seine Geschichte stockend und unzusammenhängend. Als er fertig war, sah ihn der Colonel verächtlich an.

»Du bist sicher, daß es der Weiße war, dieser Snook, der die Waffe hatte?« fragte er.

»Ja, Sir. Ich habe nur getan, was der Leutnant–«

»Schafft ihn weg«, befahl Freeborn. Als er hinausgeführt wurde, blickte der Sergeant, der die Militärpolizisten begleitete, über die Schulter. Freeborn nickte und tat so, als ziehe er einen Hut über die Ohren. Der Sergeant wußte, daß der unsichtbare Hut eine Polyäthylentüte war, salutierte und verließ das Büro.

Als Freeborn allein war, senkte er den Kopf und dachte ein paar Sekunden über den Sohn seines Bruders nach, dann gab er Anweisung, hundert Mann zum Bergwerk zu schicken. Er griff nach seinem Stock und ging zu seinem Wagen.

Während der Fahrt saß er mit verschränkten Armen da, ohne

sich zu bewegen, und verteilte im stillen die Schuld am Tod seines Neffen. Einen Teil maß er sich selbst zu – er hatte, um Curts Schwächen auszulöschen, den Jungen zu sehr gefordert, ihn zu sehr bedroht; einen größeren Teil legte er Paul Ogilvie zur Last, ohne dessen Einmischung keine unerwünschten Ausländer zur Grube gekommen wären; aber der größte Anteil lag bei Gilbert Snook, den man am Tag seiner Ankunft in Barandi sofort hätte beseitigen sollen.

Die Zeit dafür, Ogilvie zur Rechenschaft zu ziehen, war noch nicht reif, aber binnen kurzem würde Snook es bereuen, daß er vor drei Jahren nicht still und leise erstickt worden war. Jeder Gedanke an Snook war, als öffne man in Freeborn die Tür eines Schmelzofens, und es glich daher einem Sturz in eisiges Wasser, als er das Bergwerk erreichte und eine Limousine des Präsidenten am Eingang stehen sah. Er stieg aus, ging hinüber und setzte sich zu Ogilvie auf den Rücksitz.

Der Präsident wandte sich nicht um.

»Ich verlange eine Erklärung dafür, Tommy.«

»Die Lage hat sich verändert, seitdem wir . . .« Freeborn verzichtete plötzlich auf den Amtston. »Curt ist von Snook ermordet worden.«

»Davon habe ich gehört. Ich warte immer noch auf eine Erklärung dafür, warum diese Männer hier sind.«

»Aber–« Freeborn spürte, wie es in seinen Schläfen zu klopfen begann. »Ich sagte doch eben – mein Neffe ist ermordet worden.«

»Wenn Sie mir sagen, daß Ihr Neffe und andere Angehörige seines Regiments gegen meine Anordnung ins Bergwerk eingedrungen sind, erklärt das nicht, weshalb Sie gegen meinen Befehl Truppen hier anrücken lassen.« Ogilvies Stimme klang trocken und kalt. »Stellen Sie sich gegen meine Autorität?«

»Das würde ich nie tun«, sagte Freeborn. Seine Pistole lag in Reichweite der rechten Hand, aber vorher mußte er die Klappe der Ledertasche öffnen. Ogilvie würde kaum ohne Schutz hierhergekommen sein – trotzdem mußte er sich aber sehr beeilt haben. Jetzt kam alles darauf an . . .

»Einen Penny für Ihre Gedanken.« Ogilvies ruhige Stimme verriet Freeborn alles, was er wissen wollte. Der Präsident war ausreichend geschützt, und der Status quo mußte noch erhalten bleiben.

»Persönliche Dinge beiseite«, sagte Freeborn, »das Leoparden-Regiment ist die Hauptstütze unserer inneren Sicherheit. Die Männer dort wissen nichts von internationaler Politik oder Diplomatie – sie wissen nur, daß zwei ihrer Kameraden kaltblütig erschossen worden sind, und zwar von einem weißen Ausländer. Wenn sie glauben müßten, daß solche Taten nicht augenblicklich bestraft werden–«

»Sie brauchen mir das nicht zu erklären, Tommy. Aber morgen kommen die UNO-Leute.«

»Werden sie positiv beeindruckt sein, wenn sie erfahren, daß Mörder in Barandi unbestraft bleiben? Ich ziele nicht auf ein Massaker an Unschuldigen, Paul. Der einzige, den ich haben will, ist Snook; er ist für die anderen wahrscheinlich ohnehin eine Belastung. Sie werden froh sein, ihn loszuhaben.«

»Was schlagen Sie vor?«

»Lassen Sie mich mit ein paar Leuten hineingehen und einfach verlangen, daß er sich stellt. Ich brauche nur anzudeuten, daß das zum Wohl der anderen, vor allem des Mädchens, wäre.«

»Glauben Sie, das genügt?«

»Ja. Snook ist nämlich töricht genug dafür.«

Snook hatte die Flasche geleert und war auf das Podest gestiegen, um die anderen bei der Arbeit zu beobachten. Ambrose, Culver und Quig lagen die meiste Zeit vor einer Schalttafel an der Rückseite der Moncaster-Maschine auf den Knien. Sogar Helig und Prudence beschäftigten sich mit Hämmern und Nägeln und brachten ein Geländer an, das Ambrose aus Sicherheitsgründen für erforderlich hielt. Ein weiteres Bauwerk in der Art einer Duschkabine aus Holz und durchsichtigen Kunststoffbahnen hatten sie schon fertig. In dem Kasten standen zwei Wasserstoffflaschen.

Snook kam sich noch einsamer vor als bisher und hörte beinahe mit einer gewissen Erleichterung schwere Motoren aufbrummen.

Die anderen schienen es nicht zu bemerken, und er machte sie nicht aufmerksam darauf. Minuten vergingen, und er glaubte schon, sich geirrt zu haben.

»Das wär's.« Ambrose stand auf und rieb sich die Hände. »Der Mini-Reaktor liefert genug Energie. Ich glaube, wir sind vorbereitet.« Er schaute auf die Uhr. »Keine halbe Stunde mehr.«

»Beachtliche Maschine«, sagte Snook.

»Und ob. Bis vor zehn Jahren hätte man einen fünf Kilometer langen Beschleuniger gebraucht, um die Strahlungsfelder zu erzeugen, die wir damit hervorbringen.«

»Ist das nicht gefährlich?«

»Wenn man direkt davorsteht, ja, aber das gilt auch für ein Fahrrad. Wir ... Aufpassen mit der Kabine!« schrie er Helig zu. »Keine Risse – das muß absolut luftdicht sein!«

Snook sah sich das zerbrechliche Ding zweifelnd an.

»Sie rechnen also mit Felleths Erscheinen?«

»Genau.«

»Aber muß er dort bleiben? Woher wissen Sie, daß er Wasserstoff atmet?«

»Der Wasserstoff dient nicht für die Atmung, Gil, er soll die physische Umwelt schaffen, die Felleth verlangt hat, oder jedenfalls teilweise. Sein Wissen übertrifft das meine bei weitem, aber ich nehme an, damit soll eine Zufuhr von Protonen geschaffen werden, die er–«

»Doktor Ambrose«, dröhnte eine Megaphonstimme aus dem Dunkel. »Hier spricht Colonel Freeborn, Chef des Sicherheitsdienstes. Können Sie mich hören?«

Snook wollte zur Leiter, aber Ambrose hielt ihn fest.

»Ich höre Sie, Colonel.«

»Heute nachmittag hat Präsident Ogilvie angeordnet, daß Sie Ihre Arbeiten einstellen. Haben Sie die Nachricht erhalten?«

»Ja.«

»Warum halten Sie sich dann nicht an sie?«

Ambrose zögerte.

»Die Sache ist so, Colonel: Eine dieser Maschinen ist mit einem Miniatur-Atomreaktor ausgestattet, und die Steuerung funktioniert nicht richtig. Seit sechs Stunden versuchen wir, ihn abzustellen.«

»Das klingt sehr nach einer Ausrede, Doktor Ambrose.«

»Wenn Sie herkommen wollen, zeige ich Ihnen, was ich meine.«

»Lassen wir das vorerst«, dröhnte Freeborns Stimme. »Ich sehe, daß Snook bei Ihnen ist.«

»Ja, Mr. Snook ist hier.«

»Ich bin gekommen, um ihn wegen der Ermordung von zwei Angehörigen der barandischen Armee festzunehmen.«

»Weswegen?« schrie Ambrose heiser.

»Ich glaube, Sie haben mich verstanden, Doktor.«

»Ja, aber das kam so unerwartet, daß ich . . . Wir haben Schüsse gehört, aber ich wußte nicht, was geschehen war. Das ist entsetzlich.« Ambrose ließ Snooks Arm los und trat einen Schritt zurück.

»Ich halte deswegen Abstand, weil Snook bewaffnet ist. Seine Festnahme wird das natürlich nicht verhindern, aber ich würde es vorziehen, wenn er ohne Schießerei abgeholt wird. Die unschuldigen Angehörigen Ihrer Gruppe dürfen nicht zu Schaden kommen, und das läßt sich ohne weiteres machen, wenn Snook sich stellt.«

»Danke, Colonel.« Ambroses Gesicht war unergründlich, als er Snook anstarrte. »Sie werden verstehen, daß das für mich und meine Gruppe ein Schock ist. Wir wußten nichts von diesen Dingen. Können wir uns kurz besprechen?«

»Fünfzehn Minuten – nicht länger.«

Es wurde still.

»Gut gemacht«, sagte Snook zu Ambrose. Er begriff, daß der andere vernünftig gehandelt hatte, kam sich aber trotzdem verraten vor. Er nickte Prudence und den anderen drei Männern zu und wollte gehen.

»Gil«, zischte Ambrose, »was machen Sie denn? Bleiben Sie hier. Ich helfe Ihnen schon heraus.«

Snook lächelte schief.

»Es gibt keinen Ausweg. Außerdem könnte die kleine Ablenkung Ihnen die nötige Zeit verschaffen, um das Experiment abzuschließen. Darauf kommt es doch vor allem an, oder?«

Ambrose schüttelte den Kopf.

»Wir waren uns einig darüber, daß ich ein Egoist bin, aber irgendwo ist eine Grenze. Ich gebe zu daß ich gehofft hatte, so lange in Ruhe gelassen zu werden, bis ich meine Pläne hätte ausführen können, aber jetzt hat sich die Lage geändert.«

»Hören Sie, ich will nicht melodramatisch werden«, sagte

Snook, »aber ich bin schon so gut wie tot. Sie können nichts daran ändern.«

»Ich weiß, daß Sie so gut wie tot sind«, sagte Ambrose. »Sonst würde ich nicht riskieren, Ihnen den einzigen Fluchtweg anzubieten, den es gibt.«

»Fluchtweg?« Snook spürte wieder die eisige Kälte der Vorahnung, als er auf die würfelförmige Maschine blickte. »Wohin?«

»Sie können nirgends anders hin«, erwiderte Ambrose. »Nirgends, außer nach ... Avernus.«

Snook trat unwillkürlich einen Schritt zurück, dann schaute er sich nach den anderen um. Ihre Gesichter waren ernst und großäugig, wie bei Kindern.

»Ein Risiko besteht«, sagte Ambrose. »Ich kann das nur mit Ihrer Einwilligung machen und würde es überhaupt nicht versuchen, wenn Sie irgendeine andere Hoffnung hätten, hier herauszukommen.«

Snook schluckte mühsam.

»Was würden Sie tun?«

»Es bleibt keine Zeit, Ihnen Unterricht in Atomphysik zu geben, Gil. Im Grunde handelt es sich um eine Umkehrung von Felleths Prozeß, um Sie mit Neutronen anzureichern – aber Sie müssen mir einfach vertrauen. Sind Sie bereit dazu?«

»Ich bin bereit«, sagte Snook. »Aber Sie sind nicht dazu hergekommen.«

»Das spielt keine Rolle. In dieser Situation könnte ich es nicht riskieren, Felleth oder einen anderen Avernier in unser Universum zu holen – vermutlich würde ihn jemand erschießen.« Ambrose zündete sich eine Zigarette an, ohne den Blick von Snook zu lösen. »Aber für Felleth können wir den Beweis führen, daß die Methode wirkt.«

»Also gut.« Snook entdeckte, daß er mehr Angst hatte als vor der Aussicht, nur getötet zu werden. »Was soll ich tun?«

»Als erstes müssen Sie sich mit Felleth in Verbindung setzen und ihm berichten, warum der Plan umgestoßen worden ist.«

»Boyce, bei Ihnen klingt das ... Haben Sie seine Rufnummer?«

»Er braucht Zeit, sich darauf einzustellen. Er hat viel Erfahrung, aber selbst er braucht eine Ankündigung, damit er Sie empfangen kann.«

»Glauben Sie, daß er es rechtzeitig schafft?«

»Felleth ist uns auf diesem Gebiet weit voraus, und die Energie-Relationen begünstigen einen Übergang von diesem Universum in das seine. Es müßte gehen.«

Snook begriff plötzlich, daß er jeden menschlichen Kontakt mit Ambrose verloren hatte – es war nicht zu entscheiden, ob er ihn als Freund beruhigen oder nur sein Experiment schützen wollte. Aber das spielte auch keine Rolle. Die Wahl lag für ihn zwischen dem sicheren Tod auf der Erde und dem möglichen Leben auf Avernus. Er wandte sich Prudence zu, aber sie drehte sich sofort weg, und er erkannte augenblicklich, daß sie Angst hatte.

»Boyce«, sagte er, »wenn alles klappt und ich sozusagen – verschwinde, was wird dann hier los sein? Freeborn wird das nicht schätzen.«

»Das Problem löst sich von selbst – aber Sie werden keine Chance für einen Transfer haben, wenn Sie sich nicht sofort mit Felleth in Verbindung setzen.« Er schaute auf die Uhr. »In knapp vier Minuten wird er heraufkommen.«

»Ich gehe«, sagte Snook leise, weil er wußte, daß die Zeit für Worte vorbei war.

Sie stiegen die Leiter hinunter und versammelten sich unter dem Podest, um Snook Deckung zu geben, als er zum Zecheneingang huschte. Dort hielt er sich hinter den Vakuumrohren auf, die wie die Greifarme eines großen Tintenfischs hinausragten. Er schaltete den Aufzug ein und dankte im stillen für den lautlosen Betrieb. Er fuhr hinunter zu Sohle Zwei und sprang hinaus, hastete in den Südstollen.

Als er die von Ambrose bezeichnete Stelle erreichte, entdeckte er, daß Felleth und einige andere Avernier schon zur Stelle waren, von der Hüfte aufwärts durch den Gesteinsboden zu sehen, mit jeder Sekunde weiter nach oben schwebend. Zwischen den bläulich durchsichtigen Gestalten sah er Maschinen und hohe Schränke.

Keiner der Avernier reagierte auf sein Erscheinen. Snook fiel ein, daß er diesmal nicht von Ambroses Spezialgerät für sie beleuchtet wurde. Er richtete den Blick auf Felleth – nebenbei fragte er sich, woran er ihn erkannt hatte – und trat vor. Felleth hob plötzlich die Hände an den Kopf, und Snook sah das Schimmern der lebenden grünen Wand. Er neigte seinen Kopf nach vorn, sah wieder die Nebellöcher der Augen immer größer werden, bis sie ihn aufnahmen.

Tiefer Friede der laufenden Welle.

Ich verstehe Euch, Gleicher Gil. Ihr könnt kommen.

Tiefer Friede der laufenden Welle.

Snook kniete auf dem feuchten Boden des Stollens und sah durch seine Brille nur ein allgemeines Leuchten, von seiner normalen Umgebung abgesehen. Das bedeutete, daß die Oberfläche von Avernus sich schon über seinem Kopf befand. Er schaute hinauf an die Decke und fragte sich, wieviel Zeit er schon verloren hatte. Wenn er Aussicht haben wollte, am Leben zu bleiben, mußte er sich mit Felleth und Ambrose an einer Stelle genau über dieser treffen. Felleth war schon unterwegs, senkrecht durch geologische Schichten aufsteigend, die für ihn nicht vorhanden waren – aber für Snook blieb keine andere Möglichkeit, als den Weg zurückzugehen.

Er stand auf und versuchte seine Schwäche abzuschütteln, lief zum Schacht. Er kletterte in einen Korb und hielt sich fest, bis er zur Oberfläche hinaufkam. Er senkte den Kopf und lief auf das Podest zu. Die tragbaren Scheinwerfer um das Podium wurden in der sternlosen Dunkelheit sichtbar, und er kam ganz zu sich, duckte sich, kroch lautlos weiter. Ambrose und Helig erwarteten ihn an der Leiter.

»Ich habe Felleth erreicht«, stieß Snook hervor. »Alles in Ordnung.«

»Gut gemacht«, sagte Ambrose. »Fangen wir an. Wir haben nicht viel Zeit.«

Sie stiegen hinauf. Prudence und die drei anderen Männer standen stumm beieinander. Es herrschte eine deutliche Verlegenheit. Niemand wollte ihn ansehen, und er wußte, daß die Schranken heruntergegangen waren, genau wie in einer Familie, die erfährt, daß eines ihrer Mitglieder sterben muß.

»Das brauchen wir nicht«, sagte Ambrose und schob das Wasserstoffzelt beiseite. Er stellte eine kleine Kiste auf. »Setzen Sie sich da hin, Gil.«

»Gut.« Snook wirkte unberührt und starr, aber in ihm breitete sich eine tödliche Kälte aus, und seine Knie schienen versagen zu wollen, als er über das Podest ging und Helig, Culver und Quig die Hand drückte. Prudence erfaßte seine Hand mit ihren beiden Händen, aber ihr Gesicht war die Maske einer Hohepriesterin, als er sie ganz leicht und schnell küßte. Er wandte sich ab, als sie seinen Namen sagte.

»Was ist, Prudence?«

»Ich . . .« Ihre Stimme war fast unhörbar. »Es tut mir leid, daß ich über Ihren Namen gelacht habe.«

Er nickte dankbar, ging hinüber und setzte sich auf die Kiste. Mehr kannst du nicht erwarten, dachte er. Vielleicht ist es sogar mehr, als dir eigentlich zusteht. Er schaute sich noch einmal um.

Die fünf Menschen auf der Plattform starrten ihn an, aber mit ihren Magniluct-Brillen sahen sie aus wie Blinde. Die primitive Holzbühne war von einem Nachtvorhang umgeben, der sich jetzt ein wenig aufzuhellen begann, und er wußte, daß die Dämmerung bevorstand. Ambrose war hinter die Moncaster-Maschine getreten und beschäftigte sich mit den Reglern, als Freeborns Stimme aus dem Dunkel tönte.

»Die fünfzehn Minuten sind vorbei, Doktor«, sagte sie, »und ich habe es satt, zu warten.«

»Wir sind mit unserer Diskussion noch nicht fertig«, schrie Ambrose.

»Was gibt es zu diskutieren?«

»Sie müssen begreifen, daß es viel von uns verlangt ist, einen Mann auszuliefern, wenn wir keinen Beweis für sein Verbrechen haben.«

»Sie spielen mit mir, Doktor.« Die Verstärkung und der Widerhall ließen Freeborns Stimme aus allen Richtungen zugleich ertönen. »Das werden Sie noch bedauern. Wenn Snook sich nicht sofort stellt, komme ich und hole ihn.«

Die Worte machten Snook klar, daß er trotz allem ein Bewohner der Erde war und Verantwortung trug.

»Ich muß gehen, Boyce«, sagte er. »Unsere Zeit ist abgelaufen.«

»Bleiben Sie, wo Sie sind«, befahl Ambrose. »Licht aus, Des.«

Quig bückte sich und zog einen Stecker heraus.

»Was soll das nützen?« Snook erhob sich halb, sank aber wieder auf die Kiste zurück. Jetzt im Dunkeln konnte man hinter dem Rand der Plattform geisterhafte blaue Gestalten erkennen. Die Bewohner von Avernus – stumm, durchscheinend und eindrucksvoll – bewegten sich durch das Holz, ihre Augen drehten sich, ohne zu sehen, ihre breiten Münder waren in stummer Bewegung. Mehrmals hintereinander wurde eine Waffe abgefeuert, aber die Schüsse galten keinen menschlichen Zielen, und schließlich wurde es wieder still.

»Ich war mir sicher, daß wir uns damit Zeit erkaufen können«, sagte Ambrose, selbstsicher in seiner Rolle als Zaubermeister, während rings um ihn die schwachen Umrisse eines Gebäudes sichtbar wurden. »Also, Gil, jetzt ist es soweit. Felleth wird in ungefähr zwei Minuten auf gleicher Höhe sein, und ich muß Sie bereitmachen.«

Mit der Beseitigung der einen Gefahr kehrten Snooks vorherige Ängste zurück.

»Was tun Sie mit mir, Boyce?« Ein Instinkt veranlaßte ihn, die Pistole aus der Tasche zu ziehen und auf dem rauhen Holz wegzuschieben.

»Ich umgebe Sie mit einem Neutronenstrom, das ist alles.«

Snook entdeckte zu seiner Überraschung, daß er noch immer denken konnte.

»Aber Teile von Atomreaktoren werden jahrelang mit Neutronen bombardiert und bleiben doch, wo sie sind, nicht wahr?«

»Das ist nicht dasselbe, Gil. Dort existieren die Neutronen nicht lange genug, oder sie manifestieren sich in anderen Reaktionen. Außerdem führt vorwiegend Felleth das Kommando – er hat die Aufgabe, Ihren Körper mit seinen Elementen nachzubilden. Wir wissen nur, daß die freien Neutronen, in die Sie verwandelt werden, in Protonen, Elektronen und Anti-Neutrinos zerfallen. Und Felleth wird dafür sorgen, daß die Anti-Neutrinos erhalten bleiben . . .«

Snook hörte nicht mehr zu, als ein körperloser Schrank von Averniern rings um ihn aufgestellt wurde. Er suchte nach Prudence, aber sie bedeckte das Gesicht mit den Händen. Es blieb ihm nur noch Zeit für die Hoffnung, daß sie um ihn weinte . . .

Dann flog er hinaus über die Sterne.

14

Der Raum hatte etwa zehn Quadratmeter, wirkte aber kleiner, weil er so viele Geräte enthielt – und weil die Avernier zur Stelle waren.

Snook sah sie stumm an, ohne sich zu bewegen, während sein Körper sich von der Empfindung erholte, umgestülpt worden zu sein. Er atmete normal, und seine körperlichen Funktionen schienen abzulaufen wie vorher, aber seine Nerven fühlten sich an, als vibrierten sie nach einem lähmenden elektrischen Schlag, wie Tunnels, in denen das Echo eines Schreis nachhallte.

Die Avernier sahen ihn mit brütender Konzentration an. Snook entdeckte, daß seine zunehmende Vertrautheit mit ihrer äußeren Erscheinung ihn nicht auf die feste, dreidimensionale Wirklichkeit vorbereitet hatte. Bei früheren Begegnungen war er von ihrer Menschenähnlichkeit beeindruckt gewesen; nun stand er mit ihnen in einem Zimmer, atmete dieselbe Luft, und was er empfand, war Fremdartigkeit.

Die einzige Wahrheit, die blieb, war, daß er allein in einer Welt von unbekannten und unergründbaren Wesen stand, deren Augen und Nasen zu weit oben an ihren Köpfen beieinander standen, deren Münder zuckten und sich krümmten. Die Haut der Avernier reichte von Hellgelb um die Augen und Münder zu Kupferbraun an Händen und Füßen und wirkte wachsartig. Sie waren umgeben von einem unbenennbaren Geruch, der an Formaldehyd und vielleicht auch an Kardamom erinnerte.

Fünf Sekunden vorbei – und noch dreißig Jahre, dachte er, und dabei überfiel ihn Panik. Warum sagt Felleth nichts? Warum hilft er mir nicht?

»Ich habe . . . mit Euch gesprochen, Gleicher Gil«, sagte Felleth mit mühsamer, heiserer Stimme. »Wir stehen vor einer unglücklichen Situation ... wir haben Zugang zu Eurem Denken ... sind aber vor Euch abgeschirmt ... und Ihr wollt nicht ... daß ich näherkomme.«

»Nein!« Snook sprang auf und blieb schwankend stehen. Seine Schulter prallte an einen vorn offenen Schrank, der ihn auf drei Seiten umgeben hatte und auf Rollen zurückglitt. Er schaute hinunter und sah, daß die Holzkiste, auf der er gesessen hatte, auf einem unregelmäßig begrenzten Holzstück stand, das mit dem polierten weißen Boden darunter kontrastierte.

»Ich muß zurück«, sagte er. »Schicken Sie mich zurück, Felleth. Irgendwohin auf die Erde.«

»Das geht nicht ... Energie-Relationen nicht günstig ... keine Empfangsstation für Euch.« Felleths Brustkorb hob und senkte sich vor Anstrengung, menschliche Sprache zu formen. »Ihr braucht Zeit ... um Euch anzupassen.«

»Ich kann mich nicht anpassen. Sie wissen nicht ...«

»Wir wissen ... wir haben Zugang ... wir wissen, daß wir für Euch – abstoßend sind.«

»Dafür kann ich nichts.«

»Versucht zu bedenken ... Ihr belastet uns stärker ... wir haben Zugang ... und Ihr habt getötet.«

Snook betrachtete die Avernier, und er begriff undeutlich, daß sie sehr viel Mut gebraucht hatten, mit ihm in einem Raum zu bleiben. Die Avernier waren eine sanfte, pazifistische Rasse, und diese Gruppe mußte der Meinung sein, einen gefährlichen Wilden hervorgezaubert zu haben. Er blickte instinktiv auf seine rechte Hand und sah immer noch Spuren von George Murphys Blut. Seine Xenophobie wurde von der Scham verdrängt.

»Es tut mir leid«, sagte er.

»Ich halte es für wichtig, daß Ihr Euch ausruht ... um Euch von den geistigen und physischen Auswirkungen ... des Transfers zu erholen. Das ist keine Wohnung hier ... aber wir haben ein Bett vorbereitet ... nebenan. ... folgt mir.« Felleth schwebte zu einer Öffnung, die oben schmaler war als unten.

Snook starrte ihm sekundenlang nach, ohne sich zu rühren. Der Gedanke, einzuschlafen, war lächerlich, aber dann begriff er, daß man ihm Gelegenheit geben wollte, allein zu sein. Er ging Felleth nach, kehrte noch einmal um und nahm die Kiste mit. Felleth führte ihn durch einen kurzen Korridor, an dessen Ende ein Fenster auf grauen Himmel und graues Meer hinausging, über dem es dämmerte. Snook ging mit seinem Führer in ein kleines Zimmer, das nur ein Sofa enthielt. Es gab ein einziges Fenster, und die Wände waren mit horizontalen Streifen neutraler Farbe scheinbar wahllos geschmückt.

»Wir sehen uns wieder«, sagte Felleth. »Und Ihr werdet Euch besser fühlen.«

Snook nickte und wartete, bis Felleth sich zurückzog. Die Türöffnung hatte dieselbe Trapezform wie die erste, aber aus Schlitzen in der Wand glitten vertikale Tafeln, mit denen man sie verschließen konnte. Snook trat ans Fenster und schaute auf die Welt hinaus, die sein Zuhause sein sollte. Er sah terrassenförmig absteigende Dächer, Gassen und Plätze, wo die Leute ohne Eile herumgingen. Sie trugen fließende, wallende Gewänder in Weiß oder Blau, und aus der Ferne wirkten sie wie die Bewohner des alten Griechenland. Er sah keine Fahrzeuge, keine Licht- oder Telefonmasten, keine Antennen.

Das Meer begann ohne freie Fläche dazwischen und reichte bis zum Horizont; auf ihm reihten sich hundert Inseln aneinander wie vor Anker gegangene Schiffe. Die meisten Inseln erhoben sich zu niedrigen Zentralspitzen und erzeugten rhombenartige Spiegelungen im Wasser, aber in der mittleren Entfernung vereinigten sich zwei durch einen riesigen Doppelbogen. Snook hatte das in einer durch Felleth vermittelten Vision schon gesehen.

Er wandte sich ab und ging zum Sofa, stellte die Kiste daneben, nahm die Armbanduhr ab, legte sie auf die Kiste, dann zog er den blauen Regenmantel aus, der noch vom Regenwasser der Erde naß war, rollte ihn zusammen und legte ihn neben die Kiste. Als er sich hinlegte, entdeckte er eine unbeschreibliche Müdigkeit in seinen Gliedern, aber es dauerte lange, bis er in den Schlaf entkam.

Snook träumte, daß er mit Prudence Devonald beisammen war, und daß sie in einem kleinen Laden Kaffee und Käse kauften. Er fühlte sich glücklich, und als der Traum entglitt, versuchte er ihn festzuhalten, weil der Winkel seines Gehirns, der sich nicht täuschen ließ, ihm sagte, daß das Erwachen schlimm sein würde.

Und das war es.

Er saß mit gesenktem Kopf auf dem Sofa, dann setzten sich die geistigen Gewohnheiten eines ganzen Lebens durch. Mann lernt Frau kennen, Mann verliert Frau, dachte er. Mann muß feststellen, ob es hier eine Toilette gibt.

Er stand auf, schaute sich in dem leeren Zimmer um und griff nach seiner Uhr. Es war Mittag vorbei. Er ging zur Tür und versuchte die beiden Tafeln auseinanderzuschieben, aber sie rührten sich nicht. Der Gedanke, eingesperrt zu sein, kam ihm nicht – er war überzeugt davon, daß sich die Tür von einem Eingeweihten leicht öffnen ließ, und wollte deshalb nicht um Hilfe rufen. Plötzlich kam ihm ein Gedanke. Er löschte alles andere aus seinen Gedanken und ging geradewegs auf die Tür zu, erwartete, daß sie sich öffnete.

Die Tafeln öffneten sich sofort, und bevor er Zeit hatte, darüber nachzudenken, stand er im Korridor. Er schaute sich staunend nach der Tür um und revidierte seine Ansichten über die Technologie der Avernier. Vielleicht war ein Farbklecks an der Wand das Äquivalent eines Heizungssystems, eine runde statt kantige Wand ein Energieempfänger und -verteiler.

Snook ging zum Ende des Korridors und eine kurze Treppe hinunter, deren hängende Stufen den Eindruck erregten, als müsse er nach vorn abstürzen. Unten kam er in einen viel größeren Raum, ebenso leer wie sein Schlafraum. Die Fenster an zwei Wänden waren aus halb durchsichtigem Glas, und die Bewegung strauchartiger Vegetation dahinter verriet ihm, daß er in Bodenhöhe war. Auf dem grünen Steinboden sah er hellere Umrisse, die andeuteten, daß man hier Gegenstände entfernt hatte, und er erinnerte sich an Felleths Feststellung, daß dies kein Wohnhaus war.

In Snook stiegen Fragen auf. War das ein Laden? Eine Bücherei? Was hatten die Avernier gedacht, als sie Snook vor einer Woche oben in dem kleinen Raum hatten auftauchen sehen?

In einer der Rückwände öffnete sich eine Tür, und Felleth kam herein, die großen, hellen Augen auf Snook gerichtet. Einen Augenblick lang schien Snook Hebung und Senkung einer durchsichtigen, grünen Welle wahrhzunehmen, und ohne Worte versuchte er, das Bild schärfer hervortreten zu lassen.

»Ich glaube, Ihr werdet lernen, zu hören und zu sprechen«, sagte Felleth mit mühsam flüsternder Stimme.

»Danke.«

»Toilettenanlagen sind für Euch vorbereitet.« Felleth wies auf eine zweite Tür. »Sie sind für sich abgeschlossen ... und deshalb nicht von höchstem Standard ... aber es ist nur für kurze Zeit.«

Snook sah ihn erstaunt an, dann begriff er plötzlich.

»Natürlich«, sagte er, »ich bin in Quarantäne.«

»Nur für kurze Zeit.«

Snook dämmerte, daß er in seiner Hast, aus Barandi fortzukommen, ohne Überlegung vieles über die Bedingungen in Avernus einfach unterstellt hatte. Die Atmosphäre etwa hätte von einer Zusammensetzung sein können, die für Menschen gänzlich ungeeignet war, und schon mochten Mikroorganismen tödliche Kolonien in seiner Lunge ansiedeln.

»Ich hätte Euch nicht hergebracht ... wenn ich nicht überzeugt davon gewesen wäre, daß Ihr hier leben könnt«, erwiderte Felleth auf seinen Gedanken. »Außerdem hätte ich ... Atemgeräte und eine Atemmaske bieten können.«

»Sie denken an alles.« Snook erinnerte sich daran, daß Felleth ein führender Philosoph und Wissenschaftler war.

»Nicht an alles. Es gibt wichtige Dinge zu besprechen ... während Ihr eßt.«

Nachdem Snook die Toilette in einem Metallkasten benützt und sich gewaschen hatte, betrat er mit Felleth ein anderes Zimmer, in dem ein Tisch und ein Hocker standen, der frisch aus Holz gemacht zu sein schien. Auf dem Tisch standen Keramikplatten mit Gemüse, Getreideflocken und Obst, dazu eine Flasche mit Wasser. Snook setzte sich und versuchte zu essen. Der Geschmack war fremdartig, wenn auch nicht unangenehm, aber alles schien nach Jod und Salz zu schmecken, sogar das Obst und das grüne Gemüse.

»Ich muß Euch mitteilen, Gleicher Gil«, sagte Felleth, »daß ich, als ich Euch hierherbrachte, in gewisser Beziehung falsch kalkuliert habe – und anderes vergaß ich überhaupt zu berücksichtigen.«

»Das sieht Ihnen gar nicht ähnlich, Felleth.« Snook hatte seine

Antwort eigentlich nur denken wollen, stellte aber fest, daß es weniger anstrengend war, die Worte laut auszusprechen.

»Zur Zeit bin ich ... bei meinen Mit-Antwortern ... nicht gut angesehen ... auch nicht beim Volk ... weil ich ihnen in einer wichtigen Sache einen Rat gegeben habe ... ohne alles zu berücksichtigen.«

»Ich verstehe nicht.«

»Zum Beispiel ... habe ich unkritisch alles akzeptiert ... was ich von Euch über Astronomie ... erfahren habe.«

Snook sah ihn an.

»Das scheint mir aber kein Fehler zu sein. Sie hatten von dem Thema ja erst gehört, und auf der Erde gibt es sie seit Jahrtausenden.«

»Auf der Erde – genau das ist es ... Eure Astronomen studieren ein anderes Universum.«

»Ich verstehe immer noch nicht.« Snook schob sein Essen weg.

»Das Bild, das sie von meinem Universum gezeigt haben ... enthielt nur jene Elemente, die sie wahrgenommen hatten ... eine Sonne, diese Welt ... und die vagabundierende Welt, die Ihr Thorntons Planeten nennt.«

»Und?«

»Die für diesen Planeten berechnete Bahn ... beruhte auf diesem vereinfachten Bild.«

»Tut mir leid, Felleth – ich bin kein Astronom und begreife noch immer nicht, worauf Sie hinauswollen.«

Felleth trat näher an den Tisch.

»Ihr seid kein Astronom ... aber Ihr versteht, daß alle Körper in einem planetarischen System ... in ihren Bewegungen ... von allen anderen Körpern des Systems beeinflußt werden.«

»Das versteht sich von selbst«, meinte Snook. »Aber wenn es keine anderen Körper im–« Er verstummte, als er begriff, was Felleth meinte. »Hat man schon nachgesehen?«

»Ein Radioteleskop ist konstruiert worden ... und wir werden mindestens zwanzig davon bauen.«

»Aber das ist doch wunderbar.« Snook stand auf. »Das gibt euch Hoffnung, nicht wahr? Ich meine, wenn ihr nur einen einzigen weiteren Planeten da draußen findet, könnte er Thorntons Planeten aus seiner Bahn ziehen–«

»Das hätte ich sofort ... erkennen müssen.«

»Aber wie denn?«

»Das Volk verlangt von einem Antworter Höchstes ... das ist sein Recht.«

»Aber–«

»Gleicher Gil, Euer Gedächtnis ist nach unseren Maßstäben unvollkommen ... aber es mag Informationen enthalten, die es mir erlauben würden, dem Volk Genugtuung zu leisten ... für mein Versagen ... bitte, gestattet, daß ich Euch berühre.«

Snook zögerte nur kurz, bevor er auf Felleth zutrat. Er neigte den Kopf nach vorn und hielt die Augen offen, während Felleths Stirn die seine berührte. Der Kontakt dauerte nur eine Sekunde, dann trat Felleth zurück.

»Danke«, sagte er. »Das Material ist wertvoll.«

»Ich habe nichts gefühlt – welches Material?«

»Als Ihr zum erstenmal von Thorntons Planet gehört habt ... rechnete man damit, daß er durch Eure Welt fliegen würde ... aber er flog um viele Planetendurchmesser vorbei ... und die Abweichung vom vorausgesagten Kurs ... wurde auf Beobachtungsfehler zurückgeführt.«

»Ich scheine da etwas gelesen zu haben...« Snooks Erregung wuchs. »Das ist ein Beweis, nicht wahr? Es zeigt, daß es in eurem eigenen System noch andere Planeten gibt.«

»Kein konkreter Beweis.«

»Mir kommt es aber so vor.«

»Der einzig schlüssige Beweis ist der, daß ich das Vertrauen des Volkes nicht verdiene«, sagte Felleth.

»Das ist doch lächerlich«, schrie Snook beinahe. »Man schuldet Ihnen alles!«

»Das Volk hat andere geistige Attribute als Eure Rasse ... aber es ist nicht überlegen, wie Ihr glaubt ... wir haben uns erfolgreich von den großen, zerstörerischen Leidenschaften befreit ... aber es ist schwerer, das Banale und Kleinliche loszuwerden ... die Tatsache, daß ich die Worte gebrauche, bedeutet, daß auch ich–« Felleth verstummte und sah Snook beinahe hilflos an. Snook starrte ihm stumm ins Gesicht, dann entstanden tief in seinem Inneren Ideen und Vorstellungen.

»Felleth«, fragte er, »müssen Sie mir etwas sagen?«

Jeder Tag verging wie ein Monat, jeder Monat wie ein Jahr.

Snook stellte fest, daß die kleine, ihm zugeteilte Insel für seine Bedürfnisse ausreichte, vorausgesetzt, er arbeitete angestrengt mit den zur Verfügung gestellten, einfachen landwirtschaftlichen Geräten und fischte regelmäßig im Seichten nach Meerespflanzen, die eßbar waren. Er hatte weder Tabak noch Alkohol – außerhalb von Laboratorien wurde der Gärungsprozeß auf Avernus nicht angewendet – aber er hatte gelernt, ohne beides auszukommen. Die Avernier selbst atmeten manchmal die Dämpfe aus Kapseln gewisser Meerespflanzen ein, wie er wußte, weil sie angeblich den Geist erhoben und den Blick erweiterten. Snook hatte zu Anfang damit experimentiert, aber immer mit negativem Ergebnis, und war zu dem Schluß gekommen, daß sein Metabolismus dafür nicht der richtige war. ›Es könnte ein Naturgesetz sein, daß man nur zu Hause high werden kann‹, hatte er auf einem Zettel notiert.

Wenn er nicht mit dem Anbau von Nahrung beschäftigt war, hatte Snook genug anderes zu tun. Das einzige Haus der Insel mußte instandgehalten werden – vor allem das Dach –, und außerdem mußte er Kleidung und Schuhe selbst pflegen. Das Heizen stellte kein Problem dar, weil die Steinplatten des Bodens sich nachts offenbar von selbst erwärmten. Snook wünschte sich beinahe eine primitivere Heizung – ein Feuer aus Scheiten hätte eine Art Gesellschaft für ihn dargestellt, vor allem an den dunklen Abenden, wenn er unvorsichtig genug war, an Prudence zu denken, und wenn die Lichter auf den anderen Inseln ihn daran erinnerten, daß das Leben des Planeten ohne seine Hilfe weiterging.

Keine Wohnung ist so einsam wie die, fiel ihm wieder ein, in der man die schwachen Geräusche der Party nebenan hört.

Gefangener auf einer kleinen, unbewohnten Insel zu sein, fügte zu den Leiden, Gefangener in einem fremden Universum zu sein, wenig hinzu, hatte Snook erfahren, auch wenn das Volk sich viel menschlicher erwies, als er erwartet hatte. Mit Felleth als einzigem Modell hatte er sich ein idealisiertes Bild von den Averniern geschaffen: die super-intelligenten Wesen, die ihre Zivilisation nach einer globalen Katastrophe neu aufgebaut hatten und sich nun stoisch auf den endgültigen Untergang vorbereiteten.

Die Entdeckung, daß die Rasse vernunftgeleiteter Wesen seine Anwesenheit auf ihrer Welt als Vertreter eines Schwesterplaneten, der ihnen nicht helfen wollte, mit Groll betrachtete, war ein Schock für ihn gewesen. Und es hatte ihn geärgert und traurig gemacht, daß Felleth eine schwere Rüge hatte einstecken müssen. Er war auch dafür kritisiert worden, daß er Snook in ihre Welt herübergebracht hatte.

An diese Dinge dachte Snook nur ungern, während er sich mit seiner eigenen Last abmühte, derjenigen, von einem Tag zum nächsten durchzuhalten und immer wieder von neuem zu beginnen. In einer Welt zu leben, wo niemand ihn töten wollte, war eine Sache, aber die Kehrseite der Medaille war, daß er in einem Universum existierte, wo niemand ihm das Leben gegeben hatte und wo keine Möglichkeit bestand, sein Leben an andere weiterzugeben. Die Gedanken waren schmerzlich für einen Mann seiner Art, für ein menschliches Neutrino, aber seinen Irrtum hatte er ja schon an jenem Tag eingesehen, als er in Kisumu das Hotel betreten und gesehen hatte . . .

An dieser Stelle zog Snook abends stets die Armbanduhr vom Handgelenk und legte sie auf die Kiste neben seinem Bett. Und wenn er tagsüber hart genug gearbeitet hatte, konnte er schlafen, manchmal sogar träumen.

Jeder Tag verging wie ein Monat, jeder Monat wie ein Jahr . . .

15

Nach Snooks Rechnung waren an dem Morgen, als er die wortlose Mitteilung erhielt, daß die Avernier das Vorhandensein anderer Welten in ihrem eigenen Planetensystem bestätigt hatten, zwölf Monate vergangen.

Seine frühen Erfahrungen auf Avernus hatten gezeigt, daß seine Fähigkeit für telepathischen Kontakt nicht größer war als damals auf der Erde, wo er gelegentlich die Gedanken anderer aufgefangen hatte. Volle Deckung mit Felleth hatte er ironischerweise nur erreicht, als sie in verschiedenen Universen gewesen waren und sich ihre Köpfe im selben Raumvolumen hatten vereinigen können.

An diesem Tag jedoch nahm er die Stimmung des Volkes deutlich wahr. Die Gefühle von Freude und Triumph, millionenfach verstärkt, überspannten die Inseln wie das Gold der Sonnenuntergänge, die sie nie erlebten.

»Nicht schlecht«, sagte Snook laut und hob den Kopf beim Graben. »Von völliger Unkenntnis des Himmels zur Radioastronomie – in einem Jahr. Nicht schlecht.«

Er arbeitete weiter, schaute aber immer wieder aufs Wasser hinaus, in der Hoffnung, Felleth würde ihm einen Besuch abstatten und Einzelheiten mitteilen. Massen und Bahnelemente der anderen Welten bestimmten die Entfernung, um die Thorntons Planet Avernus beim nächsten Vorbeiflug verfehlen würde, und Snook hatte eine Art Besitzerinteresse an den Informationen. Er konnte die Gleichungen zwar nicht verstehen, aber sie hatten sein ganzes Leben beeinflußt, und er wollte wissen, ob Avernus einer neuen Katastrophe entgegensteuerte oder endgültig davongekommen war. Außerdem mochte das Volk seine Anwesenheit weniger unannehmbar finden, wenn die Zukunft wieder gesichert war.

Sollte sich das als richtig erweisen, würde er das Recht erbitten, ungehindert zu reisen, wie er es früher auf der Erde getan hatte. Felleth hatte ihm berichtet, daß es im Westen und Osten größere Landmassen gab, und sie zu erforschen – vielleicht den Wasserglobus zu umrunden –, mochte seinem Leben eine Art Zweck verleihen.

An diesem Tag erschien kein Boot, aber als es dunkel wurde, sah er auf den anderen Inseln viele bunte Lichter. Offenbar feierte man. Er sah sich das ein paar Stunden lang an, bevor er zu Bett ging.

Am nächsten Morgen kam eine Flottille von vier Booten in schneller Fahrt Richtung Nordosten an der Insel vorbei. Snook, der noch niemanden in diese Richtung hatte fahren sehen, beobachtete sie verwirrt. Sie wurden von Batterien angetrieben, für die das

Meer selbst als Elektrolyt diente, und besaßen deshalb ein schränkte Reichweite.

Als die Flottille ihm am nächsten war, winkte eine weißgekleidete Gestalt im ersten Boot. Er winkte erfreut zurück, dann fragte er sich, ob das Felleth gewesen war, und warum er in das leere Meer hinaussteuerte. Binnen weniger Minuten waren die vier Boote verschwunden.

Obwohl es mehrmals regnete, blieb Snook den ganzen Tag im Freien, sah die Boote aber nicht zurückkommen. Am nächsten Tag begann er den Vorfall zu vergessen und blieb im Haus, bemüht, aus Lehm einen Brennofen für Töpferwaren zu bauen. Die Avernier waren nicht nur strenge Vegetarier, sie aßen auch alle Nahrung im Naturzustand, und Felleth hatte es nicht für nötig gehalten, Snook eine Kochgelegenheit zu bieten. Er hatte sich ganz gut daran gewöhnt, rohe Nahrung zu essen, aber in letzter Zeit kam er von der Vorstellung nicht los, sich Suppen zu kochen. Ebenso war es sein Ehrgeiz, Getreide zu mahlen, Brot zu backen und es mit Marmelade zu essen. Er formte die Ofenstruktur um einen Rahmen aus getrockneten Zweigen, als er das Surren eines Bootsmotors hörte.

Er ging zur Tür und sah ein Boot an seinem Steg. Felleth stand im Bug. Drei weitere Boote fuhren durch das Wasser und kamen auf dem Weg nach Süden an seiner Insel vorbei. Snook ging Felleth entgegen und sah, daß der Avernier etwas Grün-Weißes in der Hand hielt. Er starrte Felleth an, entbot den üblichen Gruß und sah kurz die ewige laufende Welle.

»Ich hoffte, daß Sie kommen können«, sagte er. »Gibt es gute Nachrichten?«

»So würdet Ihr es beschreiben«, sagte Felleth.

»Ihr habt noch einen Planeten gefunden.«

»Ja.« Felleths Mund zeigte einen Ausdruck, den Snook noch nie gesehen hatte, und den er nicht zu deuten wußte. »Wir hatten aber Hilfe.«

Snook schüttelte den Kopf.

»Ich verstehe Sie nicht, Felleth.«

»Vielleicht erklärt das manches.« Felleth zeigte, was er mitgebracht hatte, und Snook sah mit einem Stich im Herzen, daß es eine Flasche war, die er auf der Erde sofort als Ginflasche bezeichnet hätte. Statt eines Etiketts war ein handbeschriebener Zettel angefügt. Felleth gab Snook die Flasche, und der griff mit zitternden Händen danach. Sie war voll klarer Flüssigkeit.

»Felleth«, sagte er leise, »was ist das?«

»Ich weiß es nicht«, sagte Felleth. »Die Nachricht ist in Englisch geschrieben, oder in einer anderen menschlichen Sprache, und ich kann sie nicht lesen. Ich nehme an, daß sie an Euch gerichtet ist.«

»Aber–« Snook sah Felleth eine Weile entgeistert an, dann blickte er auf den eng beschriebenen Zettel. Er las:

›Lieber Gil, das ist wieder einer meiner berühmten Versuche – aber Sie wissen, daß ich im Namen der Wissenschaft alles ausprobiere. Wir haben zwei weitere Anti-Neutrino-Planeten entdeckt, einen im Pluto, den anderen im Uranus, und sie sind massiv genug, um die Bahn von Thorntons Planeten beträchtlich zu beeinflussen. Avernus wird im Jahr 2091 enorme Gezeiten haben, aber bei entsprechender Vorbereitung dürfte niemand ums Leben kommen. Ich habe alle wichtigen Daten in Diagrammform umgesetzt, die Felleth entziffern müßte, und sie kommen in eine Boje mit Funkfeuer. Ich weiß, daß die Avernier keine elektromagnetischen Erscheinungen für Kommunikationszwecke verwenden, hoffe aber, daß sie die Boje auf irgendeine Weise entdecken, wenn wir sie sicher auf Avernus bringen. Wir haben in der Atomphysik und der inter-universalen Physik im vergangenen Jahr große Fortschritte gemacht und sind jetzt durchaus in der Lage, in bescheidenem Rahmen einseitige Übergänge zu schaffen. Ich schreibe das auf einem Schiff im Arabischen Meer, wo ich Ihnen auf dem Kreis des Heraustretens am nächsten bin, und wir können ganz sicher am nördlichen Totpunkt unsere Station so lange halten, um den Übergang zu bewerkstelligen. Wenn Sie das lesen, wissen Sie, daß das Experiment gelungen ist, und ich befehle Ihnen hiermit, zur Feier den Inhalt der Flasche zu trinken. Es interessiert Sie sicher, zu hören, daß wir alle ungeschoren aus Barandi hinausgekommen sind, kurz bevor es eine umfassende Arbeiterrevolution gab, in der Ogilvie und Freeborn verschwunden sind. Prudence ist wieder bei der UNESCO, aber ich weiß, daß ich ihre besten Wünsche übermitteln soll. Des Quig arbeitet ständig bei mir und schickt auch die schönsten Grüße. Es interessiert Sie vielleicht auch, zu erfahren, daß ich verheiratet bin – mit einem wunderbaren Mädchen namens Jody, das viel redet, aber dafür sorgt, daß ich bei dem Aufsehen, das ich erregt habe, nicht noch aufgeblasener werde. Man interessiert sich enorm für den ganzen Komplex des interuniversalen Übergangs, und die Finanzierung ist gesichert. Man spricht sogar von einer großen, bemannten wissenschaftlichen Expedition nach Avernus, und wenn ich nicht zurückfallen will, muß ich mich anschließen – obwohl ich im Grunde ein Feigling bin. Ich möchte nicht zuviel versprechen, Gil, aber wenn Sie die Flasche in der Hand halten: machen Sie einen Kerzenständer daraus. Und stellen Sie die Kerze ins Fenster.

Gruß, Ihr Boyce‹

Snook hob den Kopf und sah Felleth an, dessen schlanke Gestalt vor den dunstigen Inseln aufragte. Er öffnete den Mund, um zu sagen, was er gelesen hatte, dann fiel ihm ein, daß der Avernier das längst von ihm aufgenommen haben mußte. Sie sahen einander stumm an.

»Sieht so aus, als würde sich die Zukunft doch von dem unterscheiden, was ich erwartet habe«, sagte Snook.

»Auch die Vergangenheit hat sich gewandelt«, erwiderte Felleth. »Wenn Sie hier leben und auf den größeren Inseln reisen wollen, läßt sich das machen. Ich kann Sie jetzt mit zu mir nehmen.«

»Das wäre mir angenehm, aber ich möchte die Insel erst morgen verlassen.« Snook wog die Ginflasche in der Hand. »Ich habe heute nacht einen alten Freund zur Gesellschaft.« Er verabschiedete sich von Felleth und ging auf dem steilen und steinigen Weg zurück zu seinem einsamen Haus.